山东文化体验廊道故事丛书·下编

淄博
历史文化故事

ZIBO LISHI
WENHUA GUSHI

总编纂　王志民
主　编　张艳梅

山东文艺出版社

图书在版编目（CIP）数据

淄博历史文化故事 / 张艳梅主编. — 济南：山东文艺出版社，2023.9

（山东文化体验廊道故事丛书）

ISBN 978-7-5329-6988-3

Ⅰ.①淄… Ⅱ.①张… Ⅲ.①历史故事—作品集—中国 Ⅳ.①I247.81

中国国家版本馆CIP数据核字（2023）第153090号

淄博历史文化故事
ZIBO LISHI WENHUA GUSHI

总编纂 王志民　　主编 张艳梅

主管单位	山东出版传媒股份有限公司
出版发行	山东文艺出版社
社　　址	山东省济南市英雄山路189号
邮　　编	250002
网　　址	www.sdwypress.com

读者服务	0531-82098776（总编室）
	0531-82098775（市场营销部）
电子邮箱	sdwy@sd.press.com.cn

印　　刷	山东临沂新华印刷物流集团有限责任公司
开　　本	880毫米×1230毫米　1/32
印　　张	7.25
字　　数	152千
版　　次	2023年9月第1版
印　　次	2023年9月第1次印刷
书　　号	ISBN 978-7-5329-6988-3
定　　价	59.00元

前　言

　　党的二十大报告明确提出："坚守中华文化立场，提炼展示中华文明的精神标识和文化精髓，加快构建中国话语和中国叙事体系，讲好中国故事、传播好中国声音，展现可信、可爱、可敬的中国形象。"习近平总书记在文化传承发展座谈会上深刻指出，要在新起点上继续推动文化繁荣、建设文化强国、建设中华民族现代文明。编纂出版《山东文化体验廊道故事丛书》（以下简称《丛书》）是深入学习贯彻党的二十大精神和习近平总书记重要指示精神，贯彻落实山东省委、省政府关于打造文化"两创"新标杆部署要求的重要举措，是立足山东文化资源优势，以沿黄河、沿大运河、沿齐长城、沿黄渤海和沿胶济铁路等文化体验廊道为轴线，以各市文化体验廊道建设为着力点，撷取历史文化精华的大型普及性学术工程，是在新的历史起点上讲好山东故事、坚定文化自信、推动文化繁荣、促进文旅结合的重点文化项目。

　　山东，古称"齐鲁之邦"，是中华文明最重要的发源地之一。奔流的黄河由山东入海，齐鲁大地是黄河文明的核心区域之一。巍峨屹立的泰山，自古以来就是历代帝王封禅之地，是中国东方上层文化的活动中心，1987年被联合国教科文组织列为中国第一个世界文化、自然双重遗产。黄渤海环绕的山东半岛是全国最大的半岛，漫长海岸线形成了丰厚的海洋文化资源，一直是中国北方海上丝绸之路的重要门户。山东又是伟大思想家、教育家孔子和孟子的故乡，是儒家文化的发源地，是中国人乃至全球华人、华裔心中的"圣地"。在被称为中华文明"轴心时代"的春秋战国时期，齐鲁是中华文明的"重心"所在：诸子百家，多出齐鲁；儒墨显学，独领风骚。齐国故都临淄，是当时最大的工商业都城，被国际足联命名为"足球起源地"；这里诞生了中国历史上最早的大学堂——稷下学宫，是诸子百家争鸣的学术文化中心；齐长城西起济水，东到大海，蜿蜒于泰沂山脉，全长一千余里，是现存最早的有准确遗迹可考、保存状况较好的古代长城；被列为世界文化遗产名录的京杭大运河，纵贯山东南北，极大影响了元明清以来山东地区的经济文化发展，鲁西沿岸城市带的崛起，成为中国南北文化交流融合的运河明珠，见证了山东地区社会文化的隆替嬗变。近代以来，随着烟台、青岛等沿海城市的崛起和胶济铁路的修筑，山东成为中西文化交流、冲突、碰撞、融合的核心地区之一，收回青岛主权成为"五四"爱国运动的导火索。革命战争年代，山东党政军民用生命和鲜血凝聚而成的"党群同心、军民情深、水乳交融、生死与共"的"沂蒙精神"，是齐鲁优秀文化、伟大建党精神与中国共产党领导的人民革命英雄主义精神的集中体现，是对山东境内沂蒙、胶东、渤海、鲁西（冀鲁豫边区）

等抗日革命根据地红色文化、革命精神的集中凝练和概括，与延安精神、井冈山精神、西柏坡精神等一起成为中国共产党人精神谱系的重要组成部分。齐鲁文化在中华文明发展中的特殊地位，山东地区源远流长、丰富厚重的文化资源，坚定文化自信和自觉的历史责任担当是我们举全省之力编纂《丛书》的内在动力。

《丛书》以国家文化公园建设为引领，以落实文化"两创"、推动"两个结合"为宗旨，以推动全省及各市文化建设为目标，是具有权威性、故事性、可读性、趣味性的历史故事集成，是一套可携带、可利用、可转化的文化读本。《丛书》分为上、下两编，上编16本，围绕"四廊一线"文化体验廊道、八大文化传承发展片区展开。"四廊一线"构筑的沿黄河、沿大运河、沿齐长城、沿黄渤海、沿胶济铁路的文化交通线纵横交错，相互联系又各具特色，其特点是以脍炙人口的故事形式联通"四廊一线"的人物事迹、重点景区、遗址遗迹等，厚植文化体验廊道的思想内涵和文化底蕴。八大文化传承发展片区，既涵盖了沂蒙、渤海、鲁西、胶东四大红色文化片区，又吸收了泰山文化、儒学文化、齐文化作为重要支撑，演奏出山东历史文化、革命文化、社会主义先进文化的时代交响。下编16本，紧紧围绕各地市优势和特色展开，主要记述本地区历史故事、文化遗址与人文景观、非物质文化遗产等内容，是推动文化廊道落地、推进片区文化建设、增强文化认同、深化文旅体验的重要载体。

《丛书》由山东省委常委、宣传部部长白玉刚统筹谋划和指导，省委宣传部专门组建学术编纂委员会负责具体实施，省直各有关部门和各市委宣传部给予大力支持配合，省内相关高校、研究机构和各市有关单位共100余位专家学者积极参与，历经酝酿策划、启动实施、提纲设计、样稿研讨、通稿审稿、编辑出版等六个阶段。2022年以来，省委、省政府先后印发《关于打造中华优秀传统文化"两创"新标杆行动计划（2022—2025年）》《关于建设文化体验廊道推动文旅融合高质量发展的实施计划（2023—2025年）》，全方位挖掘展现山东人文沃土可以深度耕作的比较优势，为《丛书》编纂做好了思想、学术和组织准备。具体编纂过程中，省委宣传部专门印发《关于做好〈丛书〉编纂工作的指导意见》，统一思想认识，作出全面部署。编委会以线上线下形式，多次召开全体会议和分组专题会议，狠抓三个重要工作节点：**一是审定编撰提纲。**通过反复研讨、交流、修改、会审等形式逐一审定编写提纲，最大程度保证全书质量。**二是树立样稿典型。**集中力量撰写、反复研讨修改，确定分类样稿，做好典型导引。**三是全力做好通稿统审。**采用主编初审、各卷主编交流互审、学术专家主审、首席专家终审等层层把关、集中审查、反复修改的方式提高稿件质量。

回顾《丛书》编纂工作，始终注意把握好以下四个方面：**一是坚定文化自信。**通过挖掘历史资料、开发历史资源、恢复历史场景等形式，获取文化营养，坚定文化自信。**二是助推文化自觉。**通过传承弘扬优秀传统文化、红色文化、社会主义先进文化，深入挖掘历史先贤和革命先烈的伟大事迹，推动文化自觉，与培育践行社会主义核心价值观有机结合。**三是落实文化"两创"。精选真实历史故事，注重挖掘故事背后的文化内涵，推动齐鲁优秀传统文化在新时代创造性转化和创新性发展，推进文化自信自强。**四是服务文旅融合。**借助故事、景观、遗址、非遗讲解词、短视频等融媒体形式，让广大读者在区域文化旅游、廊道文化体验中感受中华文化的博大精深，增强民族自豪感和自信心。

在内容撰写上注重四个结合：**一是与廊道体验相结合。**突出廊道建设概念，以故事为纬线，以时代发展为轴线，通过富有魅力的故事讲述，展示历史人物、景观、史实，引领读者体验传统文化的恢宏气势和博大精深。**二是与景观建设相结合。**以真实动人的故事为景观建设提供重要的历史资源和文化依据，通过一个个精品景观建设展示历史故事的丰富内涵和当代价值。**三是与文物保护相结合。**通过讲述历史故事，让广大读者进一步了解相关文物、遗址的历史文化价值，提升文物保护意识，推动群众性文物保护工作再上新台阶。**四是与媒体利用相结合。**立足于故事转化，使故事成为各类媒体传播的重要基础、蓝本和素材，成为廊道文化、片区文化讲解、传播的重要学术依据和资料来源。

《丛书》的编纂出版，是普及、传播优秀传统文化，推动文化"两创"的新尝试。衷心希望广大读者通过阅读本书，吸收丰富文化营养，多提宝贵修改意见。

编者

2023 年 8 月

导　语

淄博，一座有着悠久历史和灿烂文化的城市。

淄博市位于山东省中部，历史底蕴深厚，文化资源丰富。全市由张店、淄川、博山、周村、临淄五个区，桓台、高青、沂源三个县和淄博高新技术产业开发区、淄博经济开发区、文昌湖省级旅游度假区三个功能区构成，总面积5965平方公里，常住人口470.59万人。淄博有丰富的历史文化、工业文化、生态文化、红色文化和民间文化资源。这里是齐国故都，被誉为"齐文化的摇篮"、世界足球起源地、当代陶瓷之都，也是"冠带衣履天下"的丝绸之乡。

2023年，淄博烧烤迅速出圈，"进淄赶烤"成为年度"网红盛事"。据"旅游中国"数据显示，五一期间，淄博住宿预订量较2019年同期上涨800%，旅游订单较2019年同期增长超2000%，五一假期，淄博快速登顶全国热门景区榜首。

文脉赓续，铸就岁月辉煌；创新发展，谱写时代新篇。这座城市在极短的时间内汇聚了全球视线，彰显出文明有礼、热情好客、活力四射的城市形象，成为万众瞩目的自然生态与人文历史交融荟萃的旅游名城。

淄博地理位置优越，高铁四通八达，青银高速、青兰高速、滨博高速纵横交错，交通非常便利快捷。近年来，按照"打造公园城市、主城提质增容、全域融合统筹、交通快速通达"的城市发展战略，淄博正在加快推进全域公园城市、城市快速路网、孝妇河文化休闲生态观光带等重大工程建设。先后荣获全国文明城市、全国双拥模范城、国家森林城市、中国优秀旅游城市、全国社会治安综合治理优秀市、国家卫生城市，并荣膺"中国人居环境范例奖"等。

走进淄博，首先会被这里的山水之美所吸引。淄博拥有得天独厚的自然资源，山清水秀，气候宜人。其中，鲁山、原山、潭溪山、齐山、梓橦山、马鞍山、太公湖、马踏湖、文昌湖、五阳湖、大芦湖等景区闻名省内外。淄博境内多山，以鲁山最为有名，被誉为"鲁中第一高山"。鲁山位于淄博南部，也是山东省地理上的中心区域，为山东四大高山之一，集山、水、林、泉、石、洞于一体，主峰观云峰是淄博最高的山峰，站在山顶，可以俯瞰淄博风貌，云雾缭绕的山峦与蓝天白云交相辉映，美不胜收。马踏湖，素有"北国江南、鱼米之乡"之誉，春秋齐景公、三国诸葛亮、唐代李白、宋代苏东坡、元代于钦等官宦名人均至此游览，留下了脍炙人口的名篇佳句。

黄河从这里流过，人们常说万里黄河有九十九道弯，黄河在淄博高青留下了最后一个"直角弯"，名为"安澜湾"。这个名字，道出了从古至今，我们对母亲河最大的心愿：黄河安澜，国泰民安。黄河从这里由壮阔奔腾变为波平浪静，一路向东，归入大海。为讲好"黄河淄博故事"，淄博正加快推进黄河国家文化公园（淄博段）建设，以"大安澜湾"万里黄河新地标项目为引领，不断丰富文旅产品和业态，打造黄河文旅特色品牌。

作为齐国故都和齐文化发祥地，淄博已有三千多年历史。在这片土地上，孕育了姜太公、齐桓公、管仲、晏婴、孙武、左思、房玄龄以及蒲松龄、王渔洋、赵执信等一批历史文化名人，诞生了与古希腊的柏拉图学园并称为轴心时代文明双璧的稷下学宫，产生了中国第一部管理学百科全书《管子》、"兵学圣典"《孙子兵法》、中国第一部农业百科巨著《齐民要术》、中国第一部工科巨著《考工记》、世界著名短篇小说集《聊斋志异》等鸿篇巨制，留下了齐国故城遗址、牛郎织女民间传说、周村古商城等灿若繁星的文化遗存。

站在淄博大地上，遥望数千年前的繁华与荣耀，可以清晰地感受到那个时代的风云激荡、群雄争霸、百家争鸣、文化繁荣。文化是一种深远的召唤，是人类在漫长历史长河中漂流、探索，最后找到的归属。齐文化在政治制度、社会制度、文化艺术以及伦理道德等各方面取得的成就已载入史册，如同一颗颗璀璨的明珠，虽历经沧桑，依然光芒照人。齐文化"变革、创新、开放、务实、包容"的精神内核，契合当前改革创新的时代特征，与聊斋文化、商埠文化、陶琉文化等，碰撞交融出淄博独有的文化特质。

峥嵘岁月，激荡英雄豪情，红色血脉，凝聚历史丰碑。在这片热土上，有着丰富的红色文化资源，这里是县委书记的榜样——焦裕禄的故乡，先后涌现了"人民楷模"朱彦夫等一批先进典型；中共一大代表王尽美、邓恩铭在这里播撒革命火种，抗战英雄马耀南、马立训在这里燃烧革命热血；无论是黑铁山、马鞍山抗战旧址，还是六一八战备电台，都闪耀着激情和信念的火花。

历史淄博，是名人辈出、金戈铁马、思想交锋、经贸繁荣的古都；当代淄博，正在全力打造宜居宜业、宜乐宜游的活力城市。淄博，这座充满历史厚重感和青春活力的城市，正在大步迈向"3510"发展目标和"强富美优"城市愿景。

在浩如烟海的中华文化瑰宝中，淄博以其独特的自然风光和丰富的历史遗产，静静地矗立在齐鲁大地上。这座城市，是历史与现代的交汇，也是过去与未来的桥梁。在这里，不仅可以看到优秀传统文化的积淀与传承，还可以看到淄博人民勇往直前、追求创新的精神风貌。这种精神不仅深深地烙印在每一位淄博人的心中，也融入了这座城市的每一寸土地，每一块砖石。历史足迹，铸就了淄博的灵魂；创新精神，开创着淄博的未来。自然与文化交织，人文与科技并存，这里高楼林立，道路宽阔，商业繁华，高新企业随处可见，整座城市充满了火热的现代气息和发展活力。无论是寻找自然的宁静，探索历史的深邃，还是感受时代的脉搏，融入青春的旋律，淄博都能给人带来无尽的惊喜和感动。

这本《淄博历史文化故事》，从齐国历史讲起，讲到新中国建设成就，穿越时空，发掘齐文化精神的当代价值，古为今用，对淄博历史名人、经济发展、科技进步、民间习俗、名优特产和人文景观、自然山水、风景名胜、文物古迹等做了比较全面的展示。翻开这本书，不仅可以让淄博人更加了解和热爱自己的家乡，也有助于全国乃至世界人民了解淄博，熟悉淄博的历史文化和当代发展。

面对充满无限希望和梦想的 21 世纪，淄博正以其独特的魅力和活力，吸引着世界的目光，让我们一同期待，淄博在新时代的舞台上，不断开创无限美好的未来。

目　录

一

文化根脉　源远流长

淄博，作为齐文化的发祥地，堪称人杰地灵，英才辈出。在这片土地上，孕育了一大批政治家、思想家、军事家、科学家和文人雅士。有雄才大略的姜子牙、齐桓公、管仲等政治家，兵法智慧卓越的孙武、孙膑、田单等军事家，凭借学术成就为世人所景仰的医学祖师扁鹊、天文学家甘德、农学家贾思勰等，也有王渔洋、蒲松龄、赵执信等文学家的诗文辞赋名篇佳作流传至今。这些杰出人物在推动历史发展中起到了举足轻重的作用，不仅对后世产生了深远影响，而且对于凝聚城市文化精神和提升淄博城市形象，同样具有重要意义。

（一）先秦贤能

1. 姜太公

封齐建国

姜太公（约前1128—前1016），名尚，字子牙，号太公望，世称太公。因其祖先曾封于吕，以地为氏，故也称吕尚。姜太公是一位充满传奇色彩的人物，作为一名政治家、军事家，在兴周灭商、封齐建国过程中立下了不朽的功勋。

姜太公的远祖家世非常显赫，不过，到他时已沦为平民，又因他不喜俗务，不安心劳动，生活日益困顿。迫于生计，做了倒插门女婿。他曾编过笊篱，卖过面，开过酒店，贩过牛羊，桩桩买卖均不如意。虽然生活落魄，但他目光远大，心系国邦。

彼时，西伯姬昌（后来的周文王）已在周原兴起，怀着强烈的使命感，

姜太公画像（杜国建供图）

太公整装西进，去追逐自己的梦想。一路上，子牙经历了无数坎坷，在商纣都城朝歌宰过牛，在军事要塞孟津渡口卖过大碗茶，掌握了丰富翔实的政治、军事情报，确立了灭商兴周的大志宏图。

在渭水之滨，太公"直钩垂钓"，周文王"愿者上钩"，谦和地向这位钓翁请教治国方略。子牙有条不紊一一作答，文王被他的非凡谈吐和远见卓识所深深折服，高兴地说："早在我的先君太公时，就盼望得到您这样的人才了！"姜尚因此得号"太公望"。从此君臣知遇，风云际会。姜太公没有辜负文王的期望，辅佐文武二王，观兵孟津、决战牧野、攻占朝歌，一举灭掉了商纣，建立起强大的西周王朝。

兴周灭商之后，功勋卓著的姜太公被首封在齐建国。当时的齐国，方圆不过百里，自然条件和社会环境都非常恶劣。因海水倒灌，大片土地盐碱化，举目之处荒无人烟。当地的莱夷势力很大，不肯臣服，伺机反叛。太公因地制宜，"通商工之业，便鱼盐之利"，大力发展工商业，使得经济发达，人民富足。同时推举"贤人"委以重任，重奖有功之人。在文化和礼俗方面，太公从齐地实际出发，从俗简礼，不强制干涉——"因其俗、简其礼"，这种怀柔的文化政策平易近人，有利于缓和当时周人与东夷人之间的矛盾。齐国很快安定下来，人心思齐，安居乐业，国家富裕强盛。太公的雄才大略和开明务实，使齐国从"方圆不过百里"的弹丸小国一跃而成为东方大国，为后来的"桓管霸业"奠定了深厚基础。司马迁追溯历史，曾说："洋洋哉，固大国之风也！"

太公死后，按照周礼返周而葬，葬于文王和武王墓旁。齐人感念这位开国元勋，在齐地葬其衣冠，置太公衣冠冢。紧临衣冠冢，后人建起了姜太公纪念馆。太公本是真实的历史人物，后人却大多把他敬为神仙，有关太公的神话传说广为流传，几乎家喻户晓。民间婚庆、搬迁、施工等普遍相信"太公在此，百无禁忌"。在《封神演义》中，太公能呼风唤雨，出榜封神，俨然"神上神"。魏晋隋唐时期，太公的地位迅速提升，甚至被追封为"武成王"，达到了与文宣王孔圣人并驾齐驱的地位。普通民众心目中的姜太公为众神之长，位列仙班之首，是长寿、智慧、勇敢、正义的化身。

2. 齐桓公
春秋首霸

姜太公之后，在齐国八百多年的历史长河中，最辉煌的业绩当属"桓管霸业"，最显赫的君主要算齐桓公了。齐桓公在管仲等人的辅佐下，厉行改革，富国强兵，实现了"九合诸侯，一匡天下"，开春秋霸政之先风，位居五霸之首，成为中国历史上颇具影响力的政治家。

齐桓公（？—前643），名小白，是姜齐第十三代国君齐僖公的幼子。在你死我活的兄弟争位中，凭借鲍叔牙的鼎力相助，小白最终登上了君位。即位后的齐桓公胸怀大业，立志称霸于诸侯。他不但赦免了有"一箭之仇"的管仲，还拜他为相国，尊称为"仲父"，体现了一代明君的宽广胸怀和尊贤重士

齐桓公画像（杜国建供图）

的良好政风。他选贤任能，虚心纳谏，发展经济，治军强兵，以"尊王攘夷"为政治口号，逐渐称霸诸侯。

齐桓公先是与邻国修好，归还了以前侵占的鲁国、卫国、燕国城邑，三国自然也就成了齐国的屏障。公元前681年，齐桓公在甄召集宋、陈、蔡、邾四国诸侯会盟，成为历史上首位盟主。后宋国违背盟约，齐桓公以周天子的名义，率众诸侯伐宋，迫使宋国求和，此即为"九合诸侯"的第一次。

此后，齐桓公先后多次会盟诸侯，东突西荡，北平南征。公元前663年，山戎攻打燕国，燕向齐求救。齐桓公救燕，攻打山戎，一直打到孤竹国才停。春天出征，到冬天凯旋时，满眼草木凋零，齐军迷了路，管仲对齐桓公说："老马有认路的本领，我们可以跟着马走。"桓公同意了，齐军在几匹老马的带领下，最终走出困境，这就是"老马识途"的由来。燕庄公非常感激桓公相助，送了桓公一程又一程，不觉间已到齐国长芦。桓公说："诸侯相送不能出境，不可对燕无礼。"于是把燕君所到之处割给了燕国，叮嘱燕君学召公为政，如周成王、周康王时一样给周朝纳贡。后来，燕国在此筑城，取名"燕留"。诸侯听说此事，纷纷拥护齐国。

桓公还帮助西边的邢国、卫国打败了狄人，往南则征讨强大的楚国，代表周天子质问其不进贡包茅的错误，可谓势如中天，直冲斗牛。随着声誉大增，桓公不免日益骄矜，曾炫耀说："寡人南伐到了召陵，遥望熊山；北伐山戎，打败了离枝、孤竹；西伐大夏，穿过戈壁荒漠，束马悬车登太行，打到卑耳山才返回。由寡人召集的诸侯兵车会盟三次，乘车会盟六次，九合诸侯，一匡天下。上古三代君王受命于天也不过如此吧？"于是想模仿古人，封禅泰山。后来，在管仲的极力劝说下才作罢。

春秋初期，周天子虽为"天下宗主"，但已名存实亡，诸侯相伐，戎狄侵扰，形势严峻。齐桓公准确洞察和把握天下大势，以主盟的方式，获周天子册命，得以号令诸侯，开创了春秋时期诸侯图霸的模式。齐桓公"正而不谲"，"桓管霸业"稳定了天下政局，促进了经济发展，保护了中原地区华夏传统文化，无愧为春秋时期第一霸主。

3. 管仲

春秋第一名相

管仲（？—前645），名夷吾，字仲，颍上（今安徽颍上县）人，中国古代著名的政治家、军事家、经济学家、哲学家，千古流芳的贤相。正是他辅佐齐桓公成就了一代霸业，成为"春秋五霸"之首，九合诸侯，一匡天下。

春秋时期，诸侯纷争，周王室日渐衰微，各诸侯国之间暗流涌动，波诡云谲。为助齐桓公成为诸侯之首，管仲在外交上可谓高瞻远瞩，纵横捭阖，是当之无愧的外交家。管仲的策略

管仲纪念馆

是"尊王攘夷"，即尊崇和扶助周朝王室，维护诸侯间的秩序，抵御外族侵略。

管仲早年落魄潦倒，为了谋生，曾与好友鲍叔牙合伙做生意。后来两个人分别辅佐公子纠和公子小白，在外避乱。因公子纠的母亲是鲁国国君的女儿，管仲和公子纠就在鲁国躲避。听闻齐国要发生内乱，两位公子都准备回国夺位。但公子纠慢了一步，公子小白已先一步在回国路上。于是，管仲决定带人抄近路截杀，他一箭射向公子小白，小白假装中箭应声而倒，瞒过了管仲，先行回国，顺利上位。

齐桓公即位后，想请鲍叔牙任丞相。但鲍叔牙坚辞不受，并说若想称霸，必要用管仲为相。管仲与公子纠认为小白已死，就一边欣赏沿途风景，一边往齐国慢腾腾赶路，回到国内才知道，小白已即位为齐桓公，二人急忙逃回鲁国。

齐桓公带兵杀到鲁国，要求鲁国杀公子纠，交出管仲，否则鲁国必亡。鲁庄公的谋臣施伯主张杀死管仲，但鲍叔牙对外宣称，齐桓公恨管仲入骨，一定要生杀管仲。鲁庄公看齐国大兵压境，吓得心颤胆寒。于是按要求杀死公子纠，并将管仲交给了齐桓公。齐桓公确实大度，接受鲍叔牙建议，择吉日吉时，以国家最高礼节迎接管仲。管仲也很识时务，愿意辅佐齐桓公，两人聊了三天三夜，齐桓公拜管仲为相，并称管仲为"仲父"。管仲常说："生我者父母，知我者鲍叔也。"鲍叔牙知道管仲之贤，故举荐管仲替代自己，自己则甘居于管仲之下，齐国因管仲的治理而日渐强盛。管仲和鲍叔牙真诚交往，遂有"管鲍之交"的佳话。

管仲上任后，大兴改革，对内重视商业，富国强兵；对外尊王攘夷，九合诸侯。他的思想集中体现于《管子》一书。

政治上，管仲整顿行政管理系统，士、农、工、商各就其业，彻底革除部落的残余影响，行政区域的组织结构更加精细化，有效地维护了社会稳定。

人事上，他选贤任能，根据实际政绩而不是虚假的表面文章任命官员，要求官员必须有取信于民的真实政绩，这在一定程度上突破了世卿世禄制，是后世科举制度的雏形。

经济上，管仲注重发展经济和农业，提出"相地而衰征"，即按照土质好坏、产量高低来确定赋税征收额；实行粮食"准平"政策，间接承认了农民自由买卖粮食的权利及自由私田的合法性，保障了私田农的生产利润。

对外，管仲提出"尊王攘夷"，以诸侯长的身份，尊天子以伐不敬。通过一系列的会盟与征伐，最终帮助齐桓公成为春秋第一霸主。孔子赞管仲：若无管仲，恐怕我们会披头散发，衣襟左开，沦为夷狄。

4. 齐威王

一鸣惊人

他，曾经是一个不折不扣的"昏君"，身为一国之主却不理朝政、不思进取，一度把国家搞得乌烟瘴气；他，曾经是一个地地道道的败家子，纵情酒色、醉生梦死，几年时间就把一个国富民强的泱泱大国折腾得内外交困、濒临灭亡；他，同时也是中国历史上一位非常有作为的明君，在位期间励精图治，厉行改革，使危如累卵的齐国一跃成为战国七雄之冠。他，就是战国时期赫赫有名的齐威王。

齐威王（？—前320），田氏，名因齐，田齐桓公田午之子。公元前357年，田午去世，嫡长子田因齐承袭君位，公元前356年到公元前320年在位。他接受虞姬、淳于髡、邹忌的劝谏，整顿吏治，广开言路，重视人才，注重革新，从而使齐国国力大增。他以人才为宝，任用田忌为将，孙膑为师，通过桂陵、马陵之战大胜魏军，使齐国"最强于诸侯"，是知错能改、有雄才大略的一代明君。

齐威王最初并不是一个有为之君，即位三年，昏聩无为，朝廷黑暗。整个齐国人心惶惶，群臣都不敢谏言。稷下先生淳于髡知道齐威王喜好隐语，便对齐威王说："国中有大鸟，止王之庭，三年不蜚又不鸣，不知此鸟何也？"齐威王明白淳于髡是用不鸣不飞之鸟来比喻自己，便也用隐语回答说："此鸟不飞则已，一飞冲天；不鸣则已，一鸣惊人。"自此，齐威王奋发图强，锐意改革，使齐国国力大振，终成战国七雄之冠。

齐威王的改革包括五个方面：一是积极纳谏。除淳于髡外，他还接受了平民琴师邹忌、妻子虞姬等人的进谏。二是整顿吏治。齐威王经过调查，召集七十二名地方官到朝廷，用烹刑诛杀了没有政绩、只会收买朝廷官员的阿大夫以及接受贿赂的官吏，又奖励给虽在朝廷内倍受毁谤却政绩突出的即墨大夫一万户的封邑。自此，齐国大臣都尽职尽责，诚实做人，再也不敢文过饰非。三是重用人才。齐威王把人才提到国宝的高度来赏识。公元前333年，齐威王在与魏惠王"比宝"的谈话中，把大臣檀子、田盼、黔夫、种首比作"国宝"。他一面遴选宗室中有作为的人为官，如让田忌做将军；一面又选拔大批门第寒微的人士，委以重任，如任用出身赘婿、受过髡刑且相貌丑陋的淳于髡，平民出身的邹忌，残疾人孙膑，等等。四是广开言路。在邹忌劝谏下，齐威王悬赏纳谏，下令能当面指出国君过失的，给上赏；上奏章规劝国君的，给中赏；在朝廷或街市中议论国君过失的，给下赏。一开始，群臣纷纷前去进谏，朝廷门庭若市。数日之后，进谏者一天天减少。一年之后，由于齐国政治得到彻底改善，人们想提意见都无意见可提了。五是改革军事。齐威王很重视军事理论，让稷下先生们将古《司马法》与司马穰苴兵法合二为一，编辑成《司马穰苴兵法》。

齐威王的改革取得了巨大成功，开启了齐国的王业。

公元前320年，齐威王与世长辞。今临淄区齐陵街道境内的牛山以东，有四座巍峨高大的古墓，依山而立，一基四巅，东西并列，绵延相连，其中之一就埋葬着这位雄才大略的一代明君。

5. 晏婴

修身治国的楷模

在齐国历史上，如果要找出一位能与管仲齐名的贤相，则非晏婴莫属。

晏婴（？—前500），名婴，字仲，谥平，习惯上多称晏子，或晏平仲，夷维（今山东高密）人，春秋时期著名政治家、思想家、外交家。历任齐灵公、庄公、景公三朝，辅政长达五十余年，以有政治远见、外交才能和作风朴素名垂青史，堪称修身治国的楷模。

晏婴为官勤勉廉洁，做人清白公正。平时只穿粗布衣服，一件狐皮大衣，也只是在出使他国或参加盛典时穿，并且一直穿了三十多年，每日吃的也是粗茶淡饭。

一天，他正要吃午饭，齐景公派人来见他，他把自己的饭菜分成两份，请来人共进午餐。景公知道后，立即命人给晏婴送去黄金千两，以供他接待客人。不料，晏婴却不肯接受，景公命人送了三次，他还是执意不肯收下。他向景公解释说："作为大臣，将国君的赏赐用于百姓身上，是以臣代君治理百姓，忠臣不应该这样做；不用在百姓身上而收藏起来，上对不起国君，下对不起百姓，所以，请您千万不要再赏赐臣下了。"

晏婴平时上朝，总是乘坐一辆劣马拉的破旧车子，有时甚至步行。景公觉得他乘坐的车马与他的身份太不相称，便多次派人送去新车骏马，却都被他拒绝了。景公很不高兴，责问他为何不收。晏婴说："您让我管理全国的官吏，我深感责任重大。平时，我反对奢侈浪费，要求他们节衣缩食，以减轻百姓的负担。我若乘坐好车好马，百官们便会效仿，奢侈之风就会流毒四方。假如真的到了那个时候，恐怕就再也无法禁止了。"

晏婴辅国，以民为本。他提出"意莫高于爱民，行莫厚于乐民"，始终保持一颗爱民之心。遇有灾荒，国家不发粮救灾，他就将自家的粮食分给灾民救急，然后极力劝谏君主赈灾。晏子劝谏君王，有时直言进谏，有时采用委婉的曲谏或诱谏，表现出高超的政治智慧。直谏严肃庄重、锋芒毕露，话说得重，往往让君王十分生气，但效果明显；曲谏则含蓄委婉、善用比喻，让君王在不知不觉中改变思维观念。

有一次，齐景公问晏子：治国最怕的是什么？晏子说：怕的是社庙中的老鼠，这些"老鼠"就是国君身边的小人，蒙蔽国君，玩弄权势，危害国家。他把忧患比喻成社鼠，把权势者比喻成凶狗，用这种方式劝谏，使国君更容易接受他的想法。

对内，晏婴调和鼎鼐，尽力处理好国君与众臣的关系，在春秋时期私门膨大、公室式微的大背景下，以自己的执政理念为缰绳，勒住礼仪崩坏的强族和反复无常的齐景公，使国家这驾马车没有因脱离道义的正轨而中途倾覆。

对外，晏婴非常注意掌握分寸，不卑不亢、机智灵活，不辱国体。最著名的案例就是"晏子使楚"。晏婴出使楚国，楚王戏弄他长得矮，不把他当人看，故意设狗洞让他钻；又诬蔑齐人为盗，进而指责"齐人善盗"。面对楚王的挑衅，晏婴镇定自若，谈笑风生，用狗国狗门、化橘为枳之说，巧妙反击而不辱使命。晏婴凭借敏捷的思维，论辩的严密，展现出政治家、外交家的风度。

6. 甘德
中国天文学先驱

中国是天文学发展最早的国家之一，由于农业生产和制定历法的需要，我们的祖先很早就开始观测天象，并用来定方位、定时间、定季节。春秋战国时期，随着人们对自然界观察认识的逐步提高，天文历法有了较快的发展和进步，还出现了观测、记录星宿的专门职官。

战国时期的齐国设有专门观测星辰运行的占星家，甘德是其中最杰出的代表。甘德（生卒年不详）生活在齐威王、齐宣王时代，他的天文学成就主要在齐国完成。当时，诸子并作，云集稷下，群贤高论，百家争鸣，甘德即百家中的代表人物。甘德通过对日月星辰的长期观测，写就《天文星占》八卷。当时魏国有一位与甘德齐名的天文学家石申，著有天文学著作《天文》八卷，后人将甘德与石申并提，将二人的著作合称为《甘石星经》。非常遗憾的是，《甘石星经》原著早已失传，今人只能从《史记》《汉书》《开元占经》等古代典籍中了解其大概。

《甘石星经》准确地记录了120颗恒星的赤道坐标。甘德、石申精确记录的黄道附近恒星的位置及其与北极的距离，代表了当时天文学的最高水平，他们测定的恒星记录，被称为"世界上最古老的恒星表"。

当代著名天文学史专家席泽宗指出：公元前 4 世纪中叶，甘德就观测到了木星最亮的卫星木卫三；而近代对木星卫星的发现，是在 17 世纪初望远镜发明之后，由意大利科学家伽利略于 1610 年观测木星时才发现的。甘德早伽利略近两千年，且在没有望远镜的条件下，仅凭肉眼就发现了木星的卫星，堪称奇迹。

甘德、石申把古代对金、木、水、火、土五大行星的认识向前推进了一大步。他们通过长期系统观测，发现了火星和金星的逆行现象，把行星从顺行到逆行、再到顺行的运动轨迹十分形象地描述为"巳"字形。在此之前，世界上还没有关于行星逆行的记载，甘、石的记载可谓首次。

甘德还建立了行星会合周期的概念，也就是接连两次晨见东方的时间间距，并且测得木星、金星和水星会合周期值分别为 400 日（实为 398.9 日）、587.25 日（实为 583.9 日）和 136 日（实为 115.9 日）。他还给出木星和水星在一个会合周期内见、伏的日数，更给出金星在一个会合周期内顺行、逆行和伏的日数，而且指出这些日数可能在一定幅度内变化。虽然甘德的这些定量描述还比较粗疏，但这为后世传统的行星位置计算法奠定了基础。

在历法方面，甘德的岁星纪年法可谓独树一帜，创造了以十二年为周期的冶、乱、丰、歉、水、旱等预报方法。

甘德丰富的天文学知识和严肃的科学态度，对于人们认识天体运行规律、正确解释自然现象，都具有重要的现实意义和深远的历史意义。甘德卓越的天文学成就，是中华文明的重要组成部分，为人类文明的演进建立了不可磨灭的历史功勋，其光辉业绩将永载史册。

7. 田单

临危受命复齐国

公元前 284 年，燕国大将乐毅率领燕、秦、赵、韩、魏五国联军，大举讨伐齐国。联军一路势如破竹，齐军节节败退，除莒城、即墨两座城池外，其余国土全部被燕军占领，齐国到了亡国的边缘。

在这生死存亡的危急时刻，田单挺身而出，他出奇计，败燕军，收复失地，使齐国得以恢复，史称"田单复国"。

田单（生卒年不详），是田齐宗室的远房宗亲，齐湣王时期的一名下级官吏。乐毅攻打临淄安平城时，田单与族人一起逃难到了即墨。后来即墨大夫战死，群龙无首之际，众人推举田单指挥军队守城。大敌当前，危难之际，他没有推辞，勇敢地承担起了抗击燕军、守卫即墨的重任。

田单冷静地分析了形势，认为敌我力量悬殊，一味死拼硬守无法取胜，必须靠勇气和智慧才能找到破敌之法。为激励军民斗志，田单以身作则，与士兵同甘共苦，甚至把自己的妻妾都编到守城的队伍之中。他还拿出自己的财物，犒赏有功的兵士。田单很快赢得了人心，在军民中树立了很高的威望，为统一指挥和坚守即墨创造了条件。

即墨保卫战前后持续了好几年，燕军虽然强大，可弹丸之地的即墨就是攻不下来。燕军因此士气疲惫、军心涣散，而乐毅也因受到燕国新君的怀疑，逃到了赵国。正所谓此消彼长，此时齐军士气高涨，田单认为决战的时机到了。

为了一举击溃燕军，田单做了精心准备。他先是散布齐军思乡厌战的虚假消息，以此麻痹燕军；又凑齐千镒黄金贿赂燕军新主帅骑劫，祈求他破城后不要伤害自己家人。这一切都做得很逼真，骑劫对此深信不疑，于是停止了进攻，只等齐军前来投降。

田单背地里却是厉兵秣马，准备与燕军决一死战。他把城内的一千多头牛征集起来，日夜操练。先把草料捆成人形，外面糊上燕军服装，再把饿了几天的牛放出来。饥饿的牛群闻到草香，迫不及待地用牛角挑开草人，寻找草料吃。

在一个月黑风高的夜晚，田单命令士兵给牛穿上红色外衣，画上五彩龙纹，又在牛犄角上绑上锋利的尖刀，给牛尾巴捆上浸了油的芦苇，在城墙根事先凿好的洞口集合完毕。一声令下，士兵点燃了牛尾巴上的芦苇，一千只"火牛"跃出洞口直奔燕军阵地而去。牛群的后面是精心挑选的五千勇士，也都装扮成鬼神模样，手持大刀利斧，奋勇冲向敌阵。城墙上的老弱病残则一起擂鼓呐喊助威，一时间战鼓声、嘶喊声、牛吼声震动天地，场面十分壮观。"火牛"见到燕军，自然以为是草料，用牛角上的尖刀挑开士兵肚子，发现不是，就奔向下一个。燕军毫无防备，吓得魂魄出窍，四散逃命，溃不成军，骑劫也在混战中被杀。田单乘胜追击，所向披靡，以弱胜强，一举击溃了燕军主力。

即墨保卫战胜利的消息迅速传开，齐国军民士气大受鼓舞，各地奋勇发起反攻。齐国境内的其他燕军得知骑劫已死、主力溃败后，纷纷逃走。田单率领齐军越战越勇，队伍也越来越壮大，在齐国人民的响应和支持下，田单收复了齐国所有失地，成功实现了复国。

（二）汉唐名士

1. 曹参

"无为"相齐政

很多人都知道"萧规曹随"这个成语，曹，即汉代名相曹参。曹参奉行无为而治，担任齐相时，齐国安定；升任汉相后，国家走向富强。无所为而无不为，汉初有曹参而"不折腾"，休养生息，渐成强盛大国。

曹参（？—前190），字敬伯，与刘邦同为沛县人，秦朝时曾做沛县的狱掾，萧何做主吏。秦二世元年（前209），曹参随刘邦起兵，身经百战，反秦灭楚，屡建战功，先后攻下两国和122个县。刘邦定都长安后，论功行赏，曹参功居第二，赐爵平阳侯。汉惠帝元年（前194），曹参出任齐国丞相，辅佐汉高祖刘邦庶长子齐王刘肥。

曹参初到齐国做丞相时，齐王刘肥年纪很轻，齐国有七十座城邑，当时天下刚刚平定，治理难度很大。曹参上任第一步，先把老年人和读书人召来，询问安抚百姓之法，但众口纷纭，莫衷一是。最后，人群中有一人说道："胶西有位盖公，精研黄老学说，应听听他的意见。"曹参马上派人带着厚礼把盖公请来。

盖公见曹参赤诚，直截了当地对曹参说："从春秋战国到秦朝末年，战乱不息，天下最需要的就是和平安宁。治理国家的办法贵在清静无为，国家不要干涉民间经济和生活，让百姓自行安定、自我富足，国家自会富强。"曹参听闻，由衷佩服。他让出自己办公的正厅给盖公住，按照盖公的思路治理齐国。曹参担任齐国丞相期间，齐国安定，百姓无不称颂他的贤明。

汉惠帝二年（前193），萧何去世。曹参听到这个消息，告诉他的门客赶快整理行装，说："我将要入朝当相国去了。"果然，时隔不久，朝廷派人来召曹参。曹参离开时，嘱咐后任齐国丞相说："把齐国的狱讼和集市交易拜托给你，要慎重对待，不要轻易干涉。"后任丞相说："国政千头万绪，您为何单单嘱咐这两件事？"曹参说："狱讼和集市这种地方人员混杂，好人坏人都需要生活，如果你管理过于严苛，坏人无法在这两个领域容身，就会出来危害社会，造成社会问题，这是我最为担忧的。"

萧何与曹参，个人关系并不融洽，但治国安邦的理念一致。所以萧何临终时，向汉惠帝推荐的贤臣只有曹参。曹参做了相国，依旧奉盖公的黄老之学为圭臬，坚持无为而治。对于萧何制定的法度，他照章全收，不做更改。为确保政策落实到位，曹参从各郡和诸侯国中挑选一些不善文辞的厚道人，任命为丞相的属官。对官吏中那些言语文字苛求细枝末节、一味追求声誉的人，则加以斥退。

政事交给属官去做，曹参自己整天畅饮美酒。卿大夫以下的官吏和宾客见曹参不理政事，想以言相劝。可是这些人一到，曹参就立即拿酒与之共饮，始终不给他们说话的机会。见到别人有细小的过失，曹参也总是想办法遮掩，因此相府中平安无事。对于这些问题，朝臣多有非议，最后连皇帝也看不下去了。

一次，汉惠帝让曹参的儿子中大夫曹窋传话："高帝刚刚过世，皇上还很年轻，您身为相国，整天喝酒，遇事也不向皇上请示报告，这是为什么？"曹参听到儿子来劝自己好好工作，当即火冒三丈："老子要做什么，还用得着你教育吗？"命人把曹窋按倒在地，暴打两百鞭。惠帝心想："好你个曹参，这哪是打儿子，分明是打我，你给我等着！"

次日朝会，惠帝指着曹参责问："丞相，你明知曹窋是代我传话，为什么打他？"曹参脱帽谢罪说："请陛下仔细考虑一下，说起圣明英武，您和高帝谁强？"惠帝说："我怎么敢跟先帝相比呢！"曹参说："陛下看我和萧何相比谁更贤能？"惠帝说："你好像不如萧何。"曹参说："陛下的话很对。高帝与萧何平定了天下，法令已经明确，如今陛下垂衣拱手而治，我等谨守各自职责，遵循原有的法度而不随意更改，不就行了吗？"惠帝这才明白了曹参的良苦用心。

曹参做汉朝相国三年，"萧规曹随"，让民间休养生息，为后来的"文景之治"奠定了基础。

2. 辕固生

力搏野豕守儒学

在汉代,《诗经》传承分"四大流派",辕固生因传承齐诗而独占其一。如此大儒,却手持利刃在皇家园林里与凶残的野猪拼死相搏。事情的缘由,还得从汉帝治国理念的一次重大选择说起。

辕固生(生卒年不详),齐郡西安县(今淄博)人。汉景帝时,儒学造诣深厚的辕固生当上了博士。当时,诸子百家的继承者们常借议论国政阐释各自理论,意见相左时,难免展开激烈的辩论。

辕固生像

21

一次，当着汉景帝的面，辕固生与信奉黄老学说的黄生，辩论起"汤武受命"的话题。在儒家看来，商汤伐夏桀、周武王灭商纣，最终承接了前朝的政统，都是天命所归。黄生很不以为然，他直截了当地提出："汤武非受命，乃弑也。"意思是汤武不是接受天命，乃弑君。辕固生回答说："桀纣都是因为暴虐失去人心，天下之心皆归于汤武；汤武得民心而得天下，这不是天命是什么？"黄生辩解说："帽子再破也是戴头上的，鞋子再新也只能穿脚上，君臣关系不能颠倒，汤武虽然贤明，也是臣下，桀纣再怎么残暴，也是君主。臣子的责任是帮助君主纠正错误，不能抢来君位自己坐，他们硬抢，不是弑君是什么？"此论一出，大家都以为辕固生无话可说了。没想到，辕固生却毫不犹豫地回应说："如果真如你说的那样，咱大汉高祖皇帝代秦即天子之位，是错的了？"汉景帝一听，忙加以制止说："吃肉不吃马肝，也没人说你不懂美食；不讨论'汤武受命'也没人说你愚笨，这种无聊的话题就此打住吧！"

汉初理论界，是黄老哲学的天下。作为儒生的辕固生，在朝廷之上一直十分尴尬。

酷信黄老学说、喜读老子著作的窦太后，听说辕固生很有学问，就让人把他叫来，问道："先生熟读诗书，一定研究过《老子》。不知道你怎么理解老子学问的？"辕固生一听，不假思索地回答："所谓《老子》，不过是普通人的言论罢了。"太后一听当即大怒嘲讽说："老子的书怎能比得上你们管制犯人似的儒家诗书呢！"太后吩咐："你辕固生既然好斗，就到野猪圈去跟野猪搏斗吧！"

汉景帝听说此事，情知是辕固生快人快语惹怒了太后，忙派人给辕固生送去了一把锋利的兵器。野猪圈里，辕固生不顾年事已高，拼死一搏，一下子刺中野猪心窝，三百斤重的野猪一命呜呼。窦太后见此情景，也不好再说什么，只是罢了他的官职。

过了一段时间，汉景帝认为辕固生是个清廉正直的人，又命他为清河王的太傅。辕固生就任不久，因老毛病再次被免。

等到汉武帝即位，大开招贤之路，又想起品德贤良的辕固生。他被征召时已年逾九旬，薛邑人公孙弘也被征召。因为威望、辈分、学问悬殊太大，两人相遇，公孙弘不敢正视辕固生。辕固生诚恳地对他说："公孙子，务正学以言，无曲学以阿世！"意思是说，公孙先生，务必以正直的学问论事，不要用邪曲之说去迎合世俗。公孙弘听从了他的劝告，此后勤勉为政，认真做学问，成为西汉建立后第一位以丞相封侯者，死后谥献侯。

再回朝堂，辕固生的确老迈年高了。年轻的儒生们在皇帝面前进言说："辕固生老迈，已经难以担负朝政了。"汉武帝于是让他辞官回家。自此之后，辕固生专心做学问，齐人讲《诗经》都依据辕固生的见解，逐渐形成"齐诗学派"，对后世影响深远。

3. 主父偃

削藩首献"推恩"计

主父偃（？—前126），汉武帝时大臣，临淄人，出身贫寒，早年学长短纵横之术，后学《易》《春秋》和百家之言。在齐受到儒生排挤，后北游燕、赵、中山等诸侯国，但都未受到礼遇。

汉元光元年（前134），主父偃西入函谷关，投奔汉武帝的妻弟名将卫青。卫青欣赏他的才干，多次向汉武帝举荐，但没有引起汉武帝的重视。

主父偃举目无亲，带来的钱也花完了，到了无法生存的地步，最后他铤而走险，直接给汉武帝写了一道奏章。这个奏章非常奇特，"朝呈暮见"，早晨呈报上去，晚上汉武帝就召见了他。主父偃的人生际遇迎来了巨大转折。

主父偃像（孟庆尧绘）

这份奏章一共九条，八条是关于法律的，另有一条是劝阻对匈奴作战。这个意见刚好和汉武帝的想法相反，但是汉武帝并没有因言废人，反而召见了他。同时被召见的还有另外两个上书的人，这两个人也是反对与匈奴作战的。汉武帝见到这三人后，说了一句非常有名的话："公等皆安在，何相见之晚也！"大有相见恨晚之意。汉武帝对这几个人非常看重，其中最受器重的是主父偃。此后，主父偃隔几天就上一道奏章，这些奏章颇合汉武帝之意，所以汉武帝一年之中提拔了他四次，主父偃就此飞黄腾达。

汉武帝时期，诸侯割据渐成尾大不掉之势，对中央王朝构成了一定威胁。汉武帝的叔叔梁王出行，千乘万骑，像天子一样威风。他还自造弓箭数十万，府库的"珠玉宝器，多于京师"。这种情况对加强中央政令的推行不利。对此，主父偃向武帝建议，允许诸王将自己的封地分给子弟，将大诸侯国逐步分为较小的侯国。诸侯国越分越小，从而加强了中央集权。这一政策就是历史上著名的"推恩令"。

主父偃为人不善交际，自行其是，为众人所厌恶。自从步入朝堂，总喜欢逮住别人的错处大做文章，弹劾朝臣，在皇帝面前说他们的坏话。他盛气凌人，还贪恋钱财，广受贿赂，因此四面树敌。有门客加以劝导，主父偃却说："丈夫生不五鼎食，死则五鼎烹耳！吾日暮，故倒行逆施之。"如此为人处世，终招祸端。

公元前 126 年，主父偃上书汉武帝，揭发齐王生活不检点，汉武帝任命他为齐相，前去查探案情。主父偃到齐国境内，马上动员齐王周围的人收集罪证。齐王年少，性格懦弱，受惊吓自杀。汉武帝闻讯大怒，将主父偃投入监狱，但并未打算杀他。可惜主父偃平时树敌太多，诸多重臣都劝汉武帝处死他，御史大夫公孙弘说："陛下不诛主父偃，无以谢天下。"汉武帝权衡再三，还是做出了杀主父偃的决定。

4. 兒宽

带经而锄成大器

清代著名诗人王士禛的书斋，挂有康熙皇帝亲笔御书"带经堂"匾额。王士禛所著诗歌美学与批评著作三十一卷，名为《带经堂诗话》。"带经"典故的主人公，就是苦学成才最终名列三公的儒学大家兒宽。

历经秦火战乱，儒学经典几乎毁灭殆尽。西汉时期，幸得济南伏生口授，传《尚书》于晁错、张生和欧阳生；欧阳生将《尚书》全文逐字笔录，并加以深入研究和阐释，形成欧阳《尚书》学。欧阳生将《尚书》传于兒宽。兒宽学成之后，不忘欧阳生之恩，将《尚书》学传给欧阳生后代，欧阳家族八世为汉庭博士。

适逢国家求贤，向地方延揽人才，欧阳生向千乘郡官员推荐兒宽，兒宽随之以博士身份跟从孔子直系后裔、当时的大儒孔安国学习。来到孔安国门下，兒宽依旧一贫如洗，拿不出钱来交学费。为学习，也为生活，兒宽不得不边学习边下厨为同学做饭，有时还要到田里去帮人家锄地，挣钱自给。

兒宽每次去锄地，锄柄上都挑着一个包袱，包袱裹着刻有经书的竹简。他出身农家，锄地是一把好手，受到主人家的好评。锄地累了，大家都歇工的时候，他就打开经书阅读。这种"带经而锄"的好学精神，常被后世长者用来鼓励后生认真学习。

后来，儿宽通过考试，被授予文学掌故之职，类似太史令。几年后，儿宽调补廷尉文学卒史，主行文书。众人见他是个儒生，认为他不熟悉法律事务，让他到北地郡饲养牲畜。儿宽在北地数年，一次回到廷尉府，正值廷尉府有疑案未决，几次奏报，都被汉武帝驳回。廷尉请求儿宽帮助，儿宽提笔一挥而就。当时的权臣张汤将儿宽所作奏稿上报汉武帝，即日便得批准。武帝问张汤："奏章非俗吏手笔，到底何人所为？"张汤说是儿宽，武帝点头道："我已久闻其名。"张汤退朝，将儿宽升为奏谳掾。儿宽经常依据经典，判决疑案，深得张汤信任。张汤升任御史大夫后，推举儿宽为侍御史。

　　儿宽才智出众，初见汉武帝，君臣之间谈经论学。儿宽主张以儒学治天下，他的高妙言谈，赢得了汉武帝的赏识。武帝说："开始我以为《尚书》是训诂考据的学问，现在听了你的讲述，值得一看。"武帝问《尚书》内容，倪宽对答如流，三皇五帝之治，娓娓道来，语多中肯。武帝大悦，于是提拔儿宽为中大夫，迁左内史。

　　儿宽学问深厚，也精于实干。

　　在左内史任上，他组织百姓在郑国渠上游北岸开凿六条小渠，以灌溉地势高处的土地，极大地改善了关中地区的灌溉条件，"六辅渠"成为中国北方最早的引河浇灌农田的大型水利工程。

　　武帝征讨南越时，费用甚大，有司就向各地催收租税。儿宽辖区欠租过多，被政府考核为最下等，按当时律法应免职。百姓听说后，唯恐失了一位好官，纷纷备齐钱米，担挑车运，争相缴纳。几天工夫，竟将所欠租税全数缴齐。武帝因此更加器重儿宽，封儿宽为御史大夫。这一职位是三公之一，负责监察百官，相当于副丞相。

朝为田舍郎，暮登天子堂。儿宽是古代寒门子弟通过读书改变命运，最终成为国家重臣的典范。

5. 左思

洛阳纸贵《三都赋》

左思（约250—约305)，字太冲，齐国临淄人，生活于西晋时期，有《左太冲集》流传后世。因其名作《三都赋》，留下了"洛阳纸贵"的典故。

左家世代学儒，其父左熹最初就是一个小吏，但努力上进，晋武帝时任殿中侍御史、太原相、弋阳太守。小时候的左思，其貌不扬，又不善辞令，尽管也学了些书法、琴艺，但都无所成。对于这个不争气的儿子，左熹很不满意。一次，他当着外人的面说："左思这孩子，看来没法和我小时候相比。"左思听到这话，很伤自尊，于是发奋苦读，立誓一定要有所成就，改变人们对他的看法。

功夫不负苦心人，左思终有所成。"处女作"是用一年时间创作的《齐都赋》，其文学才华像金子一样逐渐闪耀光芒。在《齐都赋》中，左思最早提出了"无农不稳、无工不富、无商不活"的观点，可见他对经济学研究得非常透彻。

有感于汉代班固《两都赋》及张衡《二京赋》，左思立志写一篇《三都赋》。泰始八年 (272) 前后，左思的妹妹左芬因文章过人、才华出众被选入晋朝皇帝后宫，他们举家迁居洛阳，左思被授予秘书郎的职务。借此机会，左思拜访了当时的著作郎张载，向他讨教。他又四处收集资料，精心构思，将全部心思都放在《三都赋》的创作上。那段时间，左思家中堆满了资料，走廊里、庭院里，连厕所里都放着纸笔，只要想出来一个好句子，他就赶紧记录下来。历时十年，左思终于写出了著名的《三都赋》。

读着呕心沥血创作的《三都赋》，左思认为自己的文章不比班固、张衡逊色。他担心地位低微导致文章被埋没，想向当时的文坛名流求助。当时京城洛阳文士首推皇甫谧，左思身份地位与之相距遥远，无法靠近，就先将文章送给另一位文学名士张华看。张华越读越喜欢，并推荐给好友皇甫谧。皇甫谧读后大为赞赏，亲自为文章写了序言。《三都赋》很快传遍了整个洛阳，人们读了都赞不绝口，争相传阅抄写，一时间竟让洛阳的纸张供不应求，价格大涨。

同时代的文学大家陆机，本也想写《三都赋》。听说左思已经在写，就嘲笑道："是什么人都能写《三都赋》吗？我倒要看看他能写成什么样！要是写不好，我就用它来封酒坛子！"等到真的读完左思的《三都赋》后，陆机甘拜下风，放弃了写《三都赋》的念头。左思一生苦读，终成大器，凭借《三都赋》，从此再也没人敢小看。

元康年间，左思与当时的文人集团"二十四友"交好，并为贾谧讲《汉书》。元康末年，贾谧被诛杀，左思受到牵连，遂不再过问政事，专事研究典籍。后来齐王又想起这个名满京都的文士，想请左思复出任记室督的官职，他以身体患病婉言谢绝。太安二年 (303)，河间王司马颙部将张方进攻洛阳，左思移居冀州，数年后病故。

6. 江革

诚感强盗传孝名

元代郭居业编《二十四孝》，收录了一则"行佣供母"的故事，讲述的是东汉时期有"江巨孝"美誉的临淄人江革孝敬母亲的故事。

江革（生卒年不详），字次翁，约王莽时代人。江革少年丧父，与母亲相依为命，侍奉母亲极为孝顺。王莽新朝晚期，四方战乱频发，盗贼四起，临淄城屡遭盗匪洗劫，难以存身。江革怕留在故土母亲受到伤害，决定背着母亲逃往当时相对太平的南方。母子俩翻山越岭，跋山涉水，风雨兼程，屡屡遇到强盗打劫。身上携带的财物都被抢光后，盗匪见无财可抢，就拿刀逼他入伙。江革哀告说："我从小失去了父亲，孤苦伶仃，是母亲茹苦含辛，把我拉扯成人。如果没有母亲，哪会有我的今日。老母年迈，我如果跟随你们而去，老母一人怎么活命？"见江革孝心如此真诚，盗匪不仅放了江革，还送给他盘缠，教给他再遇到盗匪时应对的方法。就这样，江革背着母亲一路来到江苏下邳（今属徐州市睢宁县）。他见这里社会安定，就和母亲住了下来。

在江苏下邳，江革与母亲无可糊口，只好给别人做雇工。江革每天在雇主家辛苦劳作，衣不遮体，赤裸双脚，时常处于饥寒交迫的状态。但每次得到工钱，他首先想到的是侍奉母亲，母亲吃的、喝的、用的，他都给置办齐全。下邳人深感江革的孝行，对他十分敬重，纷纷接济他们母子。

汉建武末年，江革带着母亲回到故里临淄。每年县里查验户口，江革怕牛马拉车颠簸，亲自驾辕拉车带母亲前去。因此，乡里称他为"江巨孝"。

当时，东汉初创，战乱平息，政治清明，国家亟须人才。江革的孝行传至官府，大约在汉明帝时，地方官吏将江革举为孝廉。汉章帝时，他被推举为贤良方正，任五官中郎将。

江革的故事，还有另一个版本。江革自幼聪敏有才思，学习刻苦。一个风雪交加的夜晚，破旧的被褥和单薄的草席难以抵挡寒气，江革秉烛苦读，不知疲倦，正好吏部郎谢朓来访，见此情形，十分感动，撕下自己的毡袍为之御寒。江革长大后，背着母亲逃难南迁，被举秀才。入仕后，以渊博的学识和犀利的文笔为梁武帝所赏识，屡被重用。长期在一品大员、郡王的手下做幕僚，"历官八府长史，四王行事"。还担任过尚书左丞、司农卿、御史中丞、少府卿、都官尚书、度支尚书等职，三次任郡守。

另有传说，母亲去世，江革非常哀伤，整整三年，他结庐住在母亲坟旁，服丧期满，他还不忍脱去孝服。江革的行为感动了地方官员，举荐他做了孝廉。但江革淡泊名利，屡屡拒绝做官，后来皇帝又聘他为谏议大夫。居官不久，他就辞官归乡了。皇帝非常敬重江革的为人，派官吏年年慰问江革，并给他发放俸禄，夸赞江革的孝行，作为天下楷模。

7. 贾思勰

守高阳写《齐民要术》

贾思勰（生卒年不详），青州益都（今山东寿光市）人。北魏、东魏时期曾任高阳太守，中国古代杰出的农学家，编纂《齐民要术》流传后世。高阳郡治在今山东淄博市临淄区，今高阳故城旧址犹存，为省级重点文物保护单位。

贾思勰生活的年代，正值北魏由经济繁荣、社会安定走向经济衰落、政治腐败时期，社会动荡，战乱频仍。他深感恢复国民经济、保障人民生活对巩固政权的必要性，故而十分注重对农业生产技术和经验的总结。他到过黄河下游的山东、河北、河南等地，每到一地，都非常认真地考察和研究当地的农业生产技术，向一些经验丰

贾思勰像（孟庆尧绘）

富的老农请教，获得了不少农业方面的生产知识。中年以后，他回到故乡，开始经营农牧业，掌握了多种农业生产技术。

约在北魏永熙二年（533）至东魏武定二年（544）间，贾思勰分析、整理、总结，写成了农业科学技术巨作《齐民要术》。

该书被历代农学家奉为最具权威性的农书。全书共 10 卷 92 篇，11 万字，内容翔实，是中国第一部囊括广义农业各方面、囊括农业生产技术各环节、囊括古代所有农村产业技术的百科全书。其内容"起自耕农，终于醯醢"，涉及的产业范围，比现代广义上的涉农产业还要宽泛。从农具制造、土地耕种，到各种粮食作物栽培、蔬菜栽培、果树林木培育，再到蚕桑业、畜牧业、兽医，及农产品深加工、酿酒、制醋、榨油等，包括了农、林、牧、渔、农副产品加工、农副产品经营等多个方面。

《齐民要术》系统总结了六世纪以前黄河中下游地区劳动人民的生活技艺水平，以及从西周至北魏的农业生产和农业科学技术的知识和经验。凡是人们在生产和生活上的应用需求，几乎全部囊括在内。《齐民要术》被奉为酿酒业的圭臬，该书第一次对传统制曲和酿酒方法进行了全面总结，详细记载了如何择地、选粮、用料、制曲、酿酒等整个工艺流程，记载并总结了八例制曲工艺、四十余例酿酒工艺。

贾思勰对农业的研究，不是浅尝辄止，也不是把他人经验抄录于纸。他是躬行实践，亲自动手，总结凝练，再记录下来。为了掌握养羊的经验，贾思勰买了 200 头羊，自己亲自去养。对种地，贾思勰更是不辞辛苦，到田头，住窝棚，乃至一粒种子、一棵秧苗，都虚心向老农求教。对如何提高土地肥力，使农作物不断从土地得到充足的养料,他都有独到而精辟的见解。

《齐民要术》被誉为"中国古代农业百科全书",也是中国乃至世界历史上最全面、最权威的农书,对后世农业及手工业发展有着深远影响,成为人类文明史上的瑰宝。

8. 房玄龄

大唐名相

房玄龄(579—648),名乔,字玄龄,临淄人,被称为唐代第一贤相。

唐王朝统一全国后,李建成和李世民争夺皇位继承权。房玄龄参与策划了"玄武门之变",武德九年(626)六月四日,李世民在玄武门设下伏兵,射杀了李建成和李元吉。李渊被迫交出军政大权,并立李世民为皇太子。两个月后,李世民登上皇帝宝座,改年号为贞观。

唐太宗即位后,对群臣论功行赏,"玄龄等有运筹帷幄、建功创业之功,论功行赏,当居第一"。于是,提升房玄龄担任太子右庶子,不久又提升为中书令。贞观四年(630),房玄龄升任尚书左仆射,行宰相之职。

房玄龄重视人才,知人善任,用人不拘一格,对人从不求全责备。早在战争年代,唐军每攻克一城,诸将都去争珍贵宝物,而房玄龄却首先物色人才,千方百计将他们搜罗到秦王府来。贞观初年,房玄龄根据太宗诏令,果断裁去大量冗员,对那些有德有才的人则委以重任。

鉴于隋炀帝严刑峻法导致民变的教训，房玄龄主张"宽简刑政，审慎法令"。房玄龄等人受诏修订《唐律》，本着"务在宽简"的精神，拟定律文500条，刑名20等，与隋朝旧律相比，减去大辟（死刑）92条，减流刑为徒刑者71条，且改绞刑为断右趾，取消鞭笞酷刑，其余删繁就简，改重为轻者甚多。后来长孙无忌对《唐律》做了具体说明，编成《唐律疏议》一书。此外，房玄龄等还奉召修改隋礼，最后完成《贞观新礼》138篇，奠定了唐代礼制的基础。

房玄龄不仅勤于政事，而且勇于进谏。他谏阻太宗实施世袭分封制，反对太宗对高丽连续发动战争。太宗贞观二十二年（648），唐太宗计划再次东征。这时房玄龄已重病缠身，唐太宗出征前，他不顾病体，书写谏表，上呈太宗。这种忧国忧民的精神，使太宗感动不已。房玄龄病重，太宗派名医为其医治，每日供给御膳，并亲临探望。时年七月，房玄龄病逝，终年七十岁。唐太宗废朝三日以示哀悼，赠太尉，并州都督，谥文昭，葬于唐昭陵。

房玄龄不仅是著名的政治家，也是优秀的史学家。为了总结历史经验，使国家长治久安，唐太宗任命房玄龄为史书总监修，开了官修史书的先河。房玄龄主持了经籍图书的搜集整理，《晋书》以下至隋的六朝史的编写，以及唐朝国史的编纂。

唐太宗曾称赞房玄龄"才兼藻翰，思入机神。当官励节，奉上忘身"，将他比作汉初名相萧何。

（三）明清大家

1. 杨梦衮

弹劾魏阉留美名

杨梦衮（1577—1632），字岱宗，生于高青县青城镇徐霞寨村，幼年随族人迁小新城街（今木李镇内杨村）。自幼敏而好学，在当地颇有声望。万历四十六年（1618），戊午科秋闱大考名列乡魁。次年进京应试"春闱"，考取贡士。后入太和殿，参加由明神宗亲自主持的殿试，名登二甲，选入翰林院，授予庶吉士职位，编修国史。

天启四年（1624），杨梦衮出任工科给事中。正赶上魏忠贤专断国政，横行无忌，结党营私，朝廷政治日益腐败。杨梦衮参与反阉党魏忠贤的斗争，又参劾阉党"十狗"之首张凌云。明熹宗接到杨梦衮的上疏，见是弹劾魏忠贤，大为不悦，但念及杨梦衮的品德和才能，只令扣罚其俸银三月，仍加以重用，升任太常寺少卿、太仆寺卿、工部尚书。

明代宫廷第三次大火后，太和、中和、保和三殿被焚毁，杨梦衮受命，负责重修三殿。杨梦衮自接受任命后，忠心履职，杜门谢客，凡权势名利所在之处，都主动远避，保持两袖清风。他对工程尽职尽责，处处以图纸为准，严格督察，杜绝偷工减料，圆满完成了三殿修复任务。熹宗对他推崇有加，提升他任少保、太子太保、柱国光禄大夫，并上封三代及妻子，在小新城街为杨梦衮立"日近天颜"坊。

天启七年（1627），熹宗驾崩，崇祯皇帝即位，将阉党定为逆党，魏忠贤畏罪自缢，其走卒多被革除惩处，但阉党余孽未尽，正邪针锋相对，纠纷不止。杨梦衮在东林党和阉党两党明争暗斗中被革职。

崇祯初年，杨梦衮之妻王氏谢世，不久，他疏告返回故里，送妻亡灵安葬。阉党分子张道长趁机上疏，污称杨梦衮侵欺三殿工程款，并说他是魏忠贤附党。崇祯帝未经查证，即将杨梦衮削职为民。杨梦衮倍受丧妻之苦、遭六子连续夭亡之痛，又蒙受削职不白之冤，遂上疏辩解。但上疏如石沉大海，没有回音。当时李自成、张献忠农民起义风起云涌，清军在关外也时时挑衅，崇祯皇帝根本无暇顾及。见朝廷不给公道，杨梦衮遂隐居邹平山林，自名"长白山樵"，著书立说，以乐天年。

杨梦衮卒于崇祯五年（1632），临去世时留下遗嘱：死后不入先人墓，葬于长白山麓；墓碑上刻四个大字"云林樵冢"；所著书籍，尽取焚毁。杨梦衮谢世后，崇祯皇帝下诏为其昭雪，命人将他和夫人王氏，隆重移葬于青城县城西北二里处，花费巨资请能工巧匠，树青石"双龙"罩头碑两块。

2. 李化熙

"今日无税"兴周村

淄博市周村区，历史上与佛山、景德镇、朱仙镇并称全国"四大旱码头"，素有"天下第一村"的美誉，自明清至今一直是闻名全国的商贸重镇。在周村古商城丝市街与银子市街的交界处，矗立着一块六角形"今日无税"碑，说起这块石碑的来历，老周村人无不津津乐道。可以说，周村商贸的繁荣发展，离不开李化熙的无私付出和巨大贡献。

李化熙（1594—1669），字五弦，号长白小樵，于崇祯七年（1634）考中进士，先后被任命为河州府推官、河间府推官、天津兵备道、四川巡抚、陕西巡抚、三边总督等职。李自成率军攻陷北京，崇祯帝自缢于煤山后，李化熙统领军队回到周村。清顺治年，李化熙入清廷任工部右侍郎至刑部尚书。顺治十年（1653）五月，因奉养双亲求归故里。

明朝灭亡之际，李化熙率军抵达周村，带回了大批军饷散落民间，增加了当地的购买力；同时，他在兵荒马乱中，为周村辟出了一个相对安宁的避风港，附近乡绅、官僚、商人及百姓纷纷迁到周村，当地人口剧增，消费需求大幅增加，周村市面出现了前所未有的繁荣。

但当李化熙向顺治帝辞官，再次回到周村时，这里已是满目凋敝，风光不再。周村大街，是周村最大、最古老的一条商业街，始建于明永乐年间（约1410），崇祯九年（1636）大街初具雏形，以商业兴旺闻名全省。清廷初建，社会不稳，盗匪四起，周村屡遭战乱蹂躏；即便少许和平时期，官府赋税沉重层层盘剥，恶棍市侩欺行霸市，商人获利无几，周村大街门可罗雀，众多商铺面临倒闭。

辞官回乡的李化熙，立志要为周村复兴商业。当时管辖周村的长山县有1600顷荒地无人耕种，却照样要缴税，这些税银自然转到了百姓头上，李化熙上书山东巡抚"特殊得免"，极大地减轻了百姓的负担。同时，他还修神宇，建桥梁，蓄药饵，助婚姻，舍絮袄，置义仓，修学宫，种种义举，赢得了四方百姓的称赞。他还利用自己的影响，动员官府和社会力量，平定了无赖市霸的滋扰。

当时，集市有"官集"和"义集"之分。"官集"就是由官府设置的集市，设立"官牙"，商人须向官府领牙帖、缴牙税；而"义集"则是民间自行交易，不必纳税。周村作为全国知名的商贸重镇，直接由"官集"改"义集"是不可能的，因为这会影响朝廷的税收。思忖再三，李化熙决定拿出自家的家底，代前来交易的商家交税。周村大街交易需缴纳多少税银，全部从李府往外抬，不再向商人征收一文。李化熙还专门在大街最为繁华的地段，设置"今日无税"碑，吸引四面八方的商家放心前来做买卖，周村成为中国历史上第一个"保税区"。街市上的商号发展到数千家，丝市街、绸市街、鱼店街、油店街、银子市、棉花市等主要大街商贸活动十分繁荣，周村成了"天下之货聚焉，熙熙然贸易有经"的工商重镇。

李化熙死后，他的儿子李溉之、孙子李斯全、曾孙李可淳又一辈接一辈代缴市税，一直到道光年间，李化熙家族代缴市税持续了至少六代人，大约二百年时间。

李化熙卒于康熙八年（1669），享年七十六岁，被赐祭葬，祀乡贤，明史留名，清史有传，省、府、县等志书皆有传记。周村商民十分感激李化熙对周村商业发展的贡献，在他去世后，集资在西市场为他修建了规模很大的祠堂，并确定每年九月初九，全埠商民公祭李化熙。届时，唱三天大戏，挂李化熙画像，供大家瞻拜。这一天，成为周村一个非常隆重的节日。

3. 薛凤祚
会通中西的天文历算学家

薛凤祚（1599—1680），字仪甫，临淄人，是清代最重要的科学家之一，中国近代科学的早期奠基人，西学东渐的关键人物，他在科学上的主要贡献是最先在中国采用哥白尼的日心说，以及最早引进对数。

薛凤祚天资聪慧，少承家学，从父辈接受儒家教育，熟读五经四书，中秀才，补廪生。受父辈影响，年轻的薛凤祚对读经入仕不感兴趣，于天启年间，受业于理学大师鹿继善和孙奇逢，承陆（九渊）王（阳明）之学。孙、鹿与东林党人关系密切，曾受阉党迫害，颇有正义感和民族气节，后还曾参与反清斗争。这对薛凤祚的为人处世都产生了很大影响。

顺治九年（1652），薛凤祚至南京，拜波兰传教士穆尼阁（Smogulecki）为师，从事天文学、历法学和算学研究，学习西方新法。穆尼阁博学多才，具有丰富的天文、数学知识，在物理、化学方面也颇有造诣，是在中国传播哥白尼《天体运行论》的第一人。薛凤祚与穆尼阁合作，翻译介绍西方科学，协同翻译西方天文历算著作《天步真原》。

薛凤祚综合整理介绍了中、西、回（阿拉伯）天文学。他的《太阴太阳诸行法原》《求岁时》两书，对太阳、地球、月亮的运行规律，黄道、赤道的夹角，都做了深入的研究和详尽阐述。经过实地观测和精密计算，薛凤祚求出地球绕太阳一周需要的时间，较现在举世公认的时间仅差13分37秒。另外，他还测定出太阳并不是西方天文学家所说的"恒星"，而是每年以52秒的速度运行的自转恒星。他对"回历"，"木、火、土"三星的运行规律，也都有深入研究和精辟见解。在天文理论研究中，采用了当时较为先进的"第谷体系"。

薛凤祚是一位勤奋好学、严谨务实、有重大成就的自然科学家，除了天文学，还著有重要水利文献《两河清汇》；数学方面的成就尤为突出，《比例对数表》12卷，是中国最早的一部对数专著。此书首次介绍了对数的求法、原理，编制了一至二万的常用对数表，并计算到小数点后第六位。著名科学史家李约瑟称此书是"中国最早的对数表及其讨论"。

薛凤祚的卓越成就，受到当时学者的高度评价。《清史稿·畴人传》把他列于首位，称他"不愧为一代畴人之功首"。清代"历算第一名家"梅文鼎说："近代知中西历法而有特解者，南则王寅旭（锡阐）、杨子宣，北则薛仪甫，特当为之表率。"薛凤祚是中国历史上率先向西方学习科学的先驱，对中国自然科学的发展具有开创之功。

4. 高珩

慧眼独具序《聊斋》

慧眼独具序《聊斋》

明清之际，山东淄川出了两位文人：高珩与蒲松龄。他们年龄相差较大，社会地位悬殊，却因文相识，惺惺相惜，交情甚笃，留下一段文坛佳话。

高珩 (1612—1697)，号念东，晚号紫霞道人，明崇祯十六年 (1643) 进士，选翰林院庶吉士。顺治朝授秘书院检讨，升国子监祭酒，后晋升吏部左侍郎、刑部左侍郎。高珩诗文俱佳，生平所著不下万篇。著有《劝善》诸书及《栖云阁集》并传于世。

蒲松龄是高珩侄女的舅父，所以高称蒲为亲家。蒲松龄屡试不第，穷困潦倒，因"亲家"关系，高珩把他推荐给淄川西铺毕际有家私塾教书。毕家给蒲松龄的薪酬待遇十分优厚，使他能够在这里专心教书做学问。其间,高、蒲二人诗书往来频繁。

高珩嗜好读书，喜欢交游，耽于享乐，不废声色之好，晚年还信佛道。他能文工诗，又喜通俗戏曲，写过《醒梦戏曲》，与蒲松龄有许多共同的兴趣和爱好。康熙十八年（1679）春，蒲松龄的《聊斋志异》大体已成，在自序文末说："独是子夜荧荧，灯昏欲蕊；萧斋瑟瑟，案冷疑冰。集腋为裘，妄续幽冥之录；浮白载笔，仅成孤愤之书。寄托如此，亦足悲矣！嗟乎！惊霜寒雀，抱树无温；吊月秋虫，偎阑自热。知我者，其在青林黑塞间乎？"这段序言表明，书稿虽已写成，但苦恼之处在于担心无人赏识《聊斋志异》的主旨，更无人理解他在其中寄托的忧愤，因为世人大多把《聊斋志异》看作是无聊之作、无稽之谈。

于是蒲松龄想到了高珩。此时的高珩身为朝廷命官，山东文章之宗伯，他说话自然分量极重。应蒲松龄之邀，高珩欣然为之作序。序中说，当时的社会"江河日下，人鬼颇同"，认同蒲松龄运用鬼魂的形式来写社会，"吾愿读书之士，揽此奇文，须深慧业，眼光如电，墙壁皆通，能知作者之意"。由此可见，高珩慧眼独具，看到了《聊斋志异》的价值，对蒲松龄给予了深切的同情和理解。

高珩为《聊斋志异》作序，重在破除所谓俗儒拘墟之见，阐明《聊斋志异》虽曰志异，却"以天常民彝为则"，"皆足辅功令教化之所不及"，"亦可与六经同功"。高珩认为文学除反映人与人之间的关系之外，还应该反映人与"天"即自然之间的关系。言"异"志"异"，是完全合宜的、正确的。"后世拘墟之士"目光短浅，动辄将孔子"不语"二字奉为金科玉律，诋毁、抹杀许多志怪类的精美作品，反倒是十分可笑的。

高珩无疑是蒲松龄的知音，是他最早对《聊斋志异》给予舆论上的支持。这种理解和鼓励，减轻了蒲松龄思想上的压力，使他更有勇气继续创作下去，有助于《聊斋志异》的最终完成。高珩还将《聊斋志异》的初稿带入宫内广为传阅，对《聊斋志异》的流传起到了重要作用。

5. 孙廷铨

康熙帝师多著述

孙廷铨（1613—1674），字枚先，号沚亭、灌长氏，益都县颜神镇大街（今山东省淄博市博山大街）人，官至顺治朝兵部、户部、吏部尚书加太子太保衔。康熙继位后，被封为内秘书院大学士，成为当时"掌钧国政"的内阁大臣。康熙为太子时，孙廷铨曾为其授课多时，故后世尊孙廷铨为"一代帝师"。

在博山地区，有关孙廷铨的传说很多。王士禛《池北偶谈》中有所记载：孙廷铨小时候读书非常刻苦，常常天不亮就到私塾，一天早上，孙廷铨在去私塾的路上，遇到一个几米高的怪物，此物目光浑朴，长得很像上古传说中驱除疫鬼的方相氏。怪物见了孙廷铨，挺起身子就要扑过去，孙廷铨大惊，刚要逃走，忽然感觉身体骤长了几倍，和怪物一般大小，于是他就一边退却一边和怪物搏斗。退至孝妇河西岸的玉皇宫附近，怪物一下子不见了，孙廷铨也变回了正常大小。还有一则传说：一天晚上，孙廷铨在私塾读书时，有一只狐狸口含十余枚金豆放在他面前，然后悄然离去。孙廷铨不解，却也不以为意，继续读书。孙廷铨考中进士后，想起这段往事，感觉挺有意思，就把住所改名为金豆山房，家族也被世人称为金豆孙家。

孙廷铨的仕途之路，可谓一帆风顺，几乎每年都有升迁。从清顺治二年（1645）到顺治十年（1653），他由河间府推官一步步升为户部左侍郎；顺治十二年（1655）升兵部尚书，顺治十三年（1656）晋户部尚书，顺治十五年（1658）加太子太保，晋吏部尚书；康熙二年（1663）官拜内秘书院大学士。康熙三年（1664）冬，他回到故乡，居家十年，谢却宾客，专意著述，于康熙十三年(1674)九月逝世，谥文定。

孙廷铨一生著述颇丰，先后著有《颜山杂记》《沚亭文集》《沚亭诗集》《南征纪略》《汉史亿》等。其中最为著名的当数《颜山杂记》。

《颜山杂记》于康熙三年（1664）成书，康熙五年（1666）刊行。该书内容庞杂，行文简练，对颜神镇的地理沿革、物产田赋、山川形胜、民情风俗等都做了较为详尽的记载，是研究了解博山历史的重要史料。《颜山杂记》不仅是一部重要的地方志，更是一部重要的科技史，尤其是其中的《琉璃》篇，是中国最早系统、准确记述琉璃生产工艺的文献资料，被誉为17世纪的"琉璃工艺学"。

在《琉璃》篇中，孙廷铨不仅详细记叙了琉璃的基本成分，而且对琉璃的产品配方、制作方法等都做了极为详尽的描述，用语典雅清奇、质朴流畅，读起来朗朗上口。清乾隆十年(1745)，苏州人杨复吉将《琉璃》篇辑入《昭代丛书续集》，以《琉璃志》名，并书跋语于后，称赞孙廷铨有郦道元之文风。此后，《琉璃》篇又被誉为中国第一部《琉璃志》。

6. 王渔洋

清初诗坛"一代正宗"

清代诗人赵翼有句名言："江山代有才人出，各领风骚数

王渔洋故居

百年。"历史进入清代初期，中国文坛进入了王渔洋时代。

王渔洋 (1634—1711)，字贻上，号阮亭，又号渔洋山人。本名王士禛，后人为避雍正皇帝之讳，改为王士祯。出身于齐鲁第一进士家族、仕宦世家和文学世家的新城（今淄博市桓台县新城镇）王家。六岁入学，八岁能诗，十五岁就有诗文集出版。参加科举，童子试连得县、府、道第一；继而冲击乡试、会试也都榜上有名。官至刑部尚书。被尊奉为清初诗坛领袖，主要成就在诗文创作与理论方面，是"神韵说"的集大成者。《清史稿》称："士禛以诗被遇，清和粹美，蔚为一代正宗"。

王渔洋早年奔忙于科举，偶有诗文面世，并未引起关注。清顺治十四年 (1657) 秋天，他广邀济南一众名士，聚于大明湖南岸天心水面亭，即景挥毫赋《秋柳》诗四章，诗中句句写柳，通篇不见一个柳字，而且风格独特，境界高远，初展神韵诗风，令人称绝。下为《秋柳》四首之一：

秋来何处最销魂，残照西风白下门。

他日差池春燕影，只今憔悴晚烟痕。

愁生陌上黄骢曲，梦远江南乌夜村。

莫听临风三弄笛，玉关哀怨总难论。

《秋柳》诗出，当时"和者数百人"，四方传诵，王渔洋诗名一时震惊文坛。后来历下文人在此成立"秋柳诗社"。

顺治十五年 (1658) 戊戌科，王渔洋考中进士，在兵部观政一年后，被委任为扬州推官，掌理刑名、赞计典。在任上的五年中，他勤于政务，"完成钦部案八十三件"。他主刑狱，宽严适当，所判合律，有关各方无不心服口服。他热心公益。扬州多水，桥梁是老百姓交通的重要设施。城里居于重要位置的红桥因年久失修，濒于坍塌。王渔洋发动捐资修葺，使其成为扬州著名景点。事后，他写诗记下了红桥恢复正常通行后的情景：

红桥飞跨水当中，一字栏杆九曲红。

日午画船桥下过，衣香人影太匆匆。

王渔洋久负文名，扬州文人都喜欢向他身边聚集。公事之余，他经常召集名士诗词唱和，扬州文坛，一时繁盛。明末清初"江左三大家"之一的吴伟业称："贻上在广陵，昼了公事，夜接词人。"居官扬州五年，王渔洋赋诗上千首，颇得前辈名公的青睐，确立了他在清初诗坛的地位。

政声、文名传入京城，王渔洋引起了康熙皇帝的注意。在仔细阅读了他的诗作后，康熙帝赞其"博学善诗文"，亲自召见他，随即转侍读，并入值南书房。王渔洋成为有清以来由部曹改词臣的第一人，先后任礼部主事、国子监祭酒、左都御史，一直做到了刑部尚书。

王渔洋一生创作 30 余种 560 余卷，可谓著述等身。其诗标举神韵，清新俊逸，因创立"神韵说"而蜚声诗坛，其散文及词也很出色；各体兼长，尤工七律，在当时与大名士朱彝尊齐名，时称"朱王"。其代表作《真州绝句》意境自然淡远，有味外之味，最能体现王诗之"神韵"：

江干多是钓人居，柳陌菱塘一带疏。

好是日斜风定后，半江红树卖鲈鱼。

王渔洋在京为官一直顺风顺水，但晚年不幸遇到背运。因与康熙酷爱诗词的废太子往来密切，康熙帝以徇顾私情的罪名，革其官职。回到新城，他饱览家乡美景，又创作了大量动人的诗篇。被罢官六年后，康熙有一天突然想起了他，特诏其复官。此时，王渔洋年老体衰，已无法复任。第二年，王渔洋去世，终年七十八岁，谥号"文简"。

7. 蒲松龄
写鬼写妖高人一等

蒲松龄（1640—1715），字留仙，别号柳泉居士，淄川蒲家庄人，清代著名文学家，世称聊斋先生。他自幼聪慧，十分喜欢读书。十九岁参加科举童子试，在县、府、道三级都取得了第一名的好成绩，被补为博士弟子员。但

蒲松龄像

到三十一岁参加乡试时，却榜上无名。此后久试不第，一直到了七十一岁，才成为岁贡生。首次落榜时，他失望之余到扬州府宝应县知县孙蕙处，做了幕宾。后来回到家乡，开始短篇小说创作。

在清代，蒲家庄地处青州府通济南府的交通要道，每天过往的商旅路人熙熙攘攘。路旁有一山泉，绿柳数株，合成柳泉。行人来到这里，多在泉边茅亭驻足歇脚。蒲松龄在茅亭摆下茶摊，每逢路人经过，便邀其进亭喝茶聊天，请他们讲述家乡的神怪故事和离奇传说，借以搜集创作素材。春去秋来，持续二十多年，为写作打下了坚实基础。蒲松龄因此更加喜欢柳泉，自号"柳泉居士"。

柳泉赠茶，让他打开了一扇通往故事宝库的大门，大量风土民情、典故传说等信息通过客商之口汇集到他这里。如《聊斋志异》中有则故事叫《汪可受》，说的是湖广黄梅汪可受的故事；还有一则《杨大洪》，讲的是湖北广水杨大洪的故事。这些都应该出自往来客商所讲。

自三十九岁起，蒲松龄到淄川西铺毕府教书，平时居住、教书多在毕家花园"石隐园"，长达三十年。毕家自明末就是名门望族，户主毕自严官至户部尚书，其弟毕自肃进士出身，官至御史。毕自严的儿子毕际有曾官居江南通州知州。毕际有文学修养高深，精于鉴赏，喜欢吟诵，爱好交游，十分支持蒲松龄的小说创作。在毕府，蒲松龄边教书，边参加科举考试，同时勤勉写作，进入了创作丰收期。

最初，蒲松龄似乎不太情愿做私塾先生，曾写过一首打油诗："墨染一身黑，风吹胡子黄。但有一线路，不做孩子王。"但毕家汗牛充栋的万卷藏书，尊师重教的良好家风，较为优厚的物质待遇，给了屡试不中的落魄蒲翁以极大的心灵慰藉，"读书、教书、著书、应试"成了生活常态，流传后世的大部分著作都是在这里创作完成的。

《聊斋志异》8卷，492篇，蒲松龄到西铺时，只完成100篇左右，其余大部分在毕府完成。因此，很多作品带有鲜明的毕府生活痕迹，如《狐梦》《绛妃》《黄英》《马介甫》等。《狐梦》讲述遇狐仙之梦，篇末注明"康熙二十一年腊月十九，毕子（毕怡庵）与余（蒲松龄）抵足绰然堂"。有些作品，明显带有蒲松龄西铺生活轨迹，如名篇《贾奉雉》《于去恶》《司文郎》《王子安》《胡四娘》《三生》等，这些作品对科举制度进行了深刻的批判，对知识分子命运有深入思考，这和蒲松龄西铺坐馆期间乡试受挫有关。有些作品，可能取材于毕府万卷楼藏书，是对前人题材的重新构筑，如《向杲》《续黄粱》《侠女》《凤阳士人》《翩翩》《促织》《姊妹易嫁》《阿绣》

等名作。蒲松龄能借鉴前人、推陈出新，凭借的是其天才艺术思维，毕府万卷藏书的作用也不可低估。除《聊斋志异》外，蒲松龄一生还创作了大量俚曲作品，其中的名篇《俊夜叉》《蓬莱宴》《增补幸云曲》，也写于西铺。历史不能假设，但可以肯定地说，没有西铺的天时地利人和，很难有完整《聊斋志异》的问世。

《聊斋志异》创作完成，清初文坛领袖王士禛读后十分推崇，认为蒲松龄堪称奇才，并为《聊斋志异》题诗："姑妄言之姑听之，豆棚瓜架雨如丝。料应厌作人间语，爱听秋坟鬼唱诗。"今人郭沫若十分佩服蒲松龄的为人和艺术才华，评价他"写鬼写妖高人一等，刺贪刺虐入骨三分"。

8. 赵执信

清初诗坛奇才

赵执信（1662—1744），字伸符，号秋谷，晚号饴山，博山人。清初著名诗人、诗学理论家、书法家，《清史稿》有传。因著作《饴山文集》《饴山诗集》等，被誉为清诗"国朝六家"之一。

赵执信出生于颜神镇（今博山）一个科举世家，曾祖赵振业、叔祖赵进美先后中进士，其后又有诸多叔伯中秀才、举人。他十四岁中秀才，十七岁以山东乡试第二名的成绩中举人，阁老孙廷铨赏识他的才能，将孙女许配给他。康熙十八年（1679），赵执信以会试第六、殿试二甲高中进士，次年被选为翰林院庶吉士，三年后被授予翰林院编修。赵执信以其出色的才学深得当时的文坛名宿朱彝尊、陈维崧、毛奇龄等人的赏识和器重，并结为忘年交。王士禛曾写《题赵伸符编修写真》诗，赞道："松花谡谡吹玉缸，挥毫三峡流春江。未论文雅世无辈，风貌阮何谁一双。"康熙二十三年 (1684)，赵执信赴山西任乡试主考官。康熙二十五年 (1686)，赵执信官拜右春坊右赞善，兼翰林院检讨，同时还任《明史》纂修官，参与修《大清会典》，成为朝野关注的文坛奇才。

赵执信少年得志，万众景仰，难免恃才傲物。当时礼科给事中黄六鸿有意攀附他，把自己颇为得意的诗集以及所带的地方土特产馈赠赵执信。赵执信对他的为人及文章不齿，以轻慢之语相辱，黄六鸿极为恼火，遂怀恨在心，决意报复。

康熙二十八年（1689），著名戏曲家洪昇邀请宾朋到寓所观看其剧作《长生殿》。《长生殿》是清代的著名传奇剧，洪昇前后花费十余年的心血，三易其稿而成。剧本完成后，洪昇首先请好友赵执信审阅，赵执信为其润饰改动多处。《长生殿》一经公演，即引起极大轰动。康熙帝看过后也极力称赞，赏白金二十两。自此以后，各亲王大臣逢有宴会，必邀演此剧，且支付费用比其他剧目高出很多。

京城内非常有名的昆曲内聚班经常演出洪昇的剧目，为表示感激之情，盛邀洪昇与好友前来喝酒看戏。于是，京城几乎所有名人贤士都接到洪昇的邀请，前去赴宴观剧。作为洪昇的知己好友，赵执信自然也在受邀之列，只是名单中唯独没有黄六鸿。

不幸的是，此次酒宴和演出，遇到了康熙皇后佟佳氏的忌辰。按朝廷的规矩，在京军民二十七日内需穿素服，百日不作乐，一月不嫁娶。于是，黄六鸿上疏弹劾说赵执信等人值皇后丧期未满百日，即在洪昇寓所观剧饮酒，实为大不敬，俱应革职。康熙闻听大怒，下令严惩。于是观剧的赵执信、陈奕培等遭革职，朱典、翁世镛等遭回原籍，洪昇被革去国子监生籍，案件前后牵涉五十余人。

此案影响巨大，时人赋诗，对赵执信表达惋惜："秋谷才华迥绝侪，少年科第尽风流。可怜一曲《长生殿》，断送功名到白头。"事发后，赵执信不仅不为自己开脱，反而把责任全揽过来，上书写道："赵某当坐，他人无与。"从此，赵执信结束了十年沉浮的官宦生涯，时年二十八岁。

罢官后，赵执信绝意仕途，漫游湖海，放情山水，遍访名胜，吟诗赋词。乾隆九年（1744）赵执信在故宅溘然长逝，享年八十三岁。清代学者、诗文家王鸣盛对赵执信评价很高，在《饴山文集》序中称赵执信文章"卓然为一大宗，必传于后无疑也"，"根柢槃深，枝叶峻茂"，"立言皆有依据"，且不炫博，"胸中有书，笔下无书"，充分肯定了赵执信诗文在文学史上的价值和意义。

（四）革命英雄

1. 王尽美

淄博矿区播撒火种

1922年6月下旬的一个晚上，淄川区洪山镇马家村外的墓地里，一个身材瘦削、穿着一袭长衫的年轻人，匆匆穿过茂密的松林，来到马家村机器图算学校院内。这里离一片叫"大荒地"的地方很近。大荒地下，就是远近闻名的淄川炭矿，炭矿工人在马家村机器图算学校上夜校。那位年轻人就是以教员身份来传播革命火种的中共一大代表王尽美。

当时淄博矿区有矿工三万余人，是山东最大的煤矿区，全国三大矿区之一。特别是以淄川煤矿为中心的矿区，是近代中国矿业工人最集中的地方之一。

1922年6月25日晚，淄川、南定、博山、西河一带的煤矿工人代表二百五十多人，在马家村机器图算学校院内，召开了矿业工会发起会。会上，王尽美发表了热情洋溢的讲话，他说："工人是创造

王尽美

世界的主人，可如今我们数万炭矿工友们，还长久屈服于资本家剥削之下，每天埋在矿井下的炭堆里，一滴汗一滴血地做十几个钟头的工，像埋在地狱里，暗无天日，稍有不慎，还要连命舍上，而工钱仅得二三毛钱，还要受冻受饿。我们创造的亿万财富哪里去了呢？被资本家剥削去了！这是何等不平的事啊！……我们要团结起来，组织为自己谋利益的团体。"长期在黑暗势力统治下受压迫受屈辱的矿工们，听了王尽美的讲话，都备受鼓舞。

矿业工会发起会选举成立了淄博第一个工会组织——山东矿业工会淄博部，通过了工会章程。会后，王尽美撰写了《矿业工会淄博部开发起会志盛》一文，记述了这次大会召开的盛况。7月9日，中国劳动组合书记部山东分部独立创办的《山东劳动周刊》第一号上，发表了王尽美的这篇文章。文章热情赞颂淄博矿工的觉悟，称赞矿业工会淄博部的成立是"中国劳动运动之曙光"，"山东劳动界空前之盛举"。

山东矿业工会淄博部是继津浦铁路济南机车厂工会之后，山东建立的第二个工会组织。它的建立，标志着淄博工人阶级开始由"自在阶级"向"自为阶级"转变。尤其重要的是，它唤起了广大矿工团结斗争的意识，扩大了党在群众中的影响，为淄博地方党组织的创建奠定了阶级基础。在《矿业工会淄博部开发起会志盛》一文中，"淄博"作为一个地区名称第一次出现在党的历史文献中。从此，"淄博"以其独有的红色基因，成为淄博人民的骄傲，"红色淄博"也由此延展开来。

在组织成立山东矿业工会淄博部之前，王尽美就曾多次到张店、博山等地，深入煤矿、铁路、车站、工人居住区，实地考察铁路、矿山等产业工人生活状况，宣传马克思主义。1923年，王尽美以小学教员身份作掩护，往来于淄川、博山、青岛等地，10月，在淄川矿区，鼓励工人起来与资本家进行斗争。1925年2月下旬，王尽美来到淄川、博山、张店开展工作，组织成立了淄博国民会议促成会。1925年8月19日，王尽美带着对共产主义事业无限的憧憬和眷恋在青岛溘然长逝，终年二十七岁。

出席中国共产党第一次全国代表大会的十三名代表中，有两人来自山东，除了王尽美，另一位是邓恩铭。邓恩铭也是山东党组织的早期领导人，曾多次到淄博组织工人运动，播撒革命火种。他们对马克思主义在淄博的传播、对淄博工人阶级的觉醒、淄博早期中共地方组织的建立，都做出了重大贡献。

2. 邓恩铭
淄博党组织早期著名领导人

1931年4月5日，在济南市纬八路侯家大院刑场，邓恩铭身负镣铐，与其他二十多名共产党员一起高唱《国际歌》，从容就义。

邓恩铭，1901年出生于贵州省荔波县玉屏镇水浦村一户水族家庭。1917年秋，因家计艰难，邓恩铭被迫离家，到山东投奔过继给黄家的二叔黄泽沛（原名邓国瑾，曾在山东益都、淄川、沂水等地任职），继续求学。

1917年10月，邓恩铭进入济南省立第一中学读书。五四运动爆发后，邓恩铭认识到只靠读书无法救国，于是开始寻找和思考更可靠的道路。他经常和同学到街头演讲，结识了正在省立第一师范学校读书的王尽美，在斗争中，两个人进一步接受了马克思主义。

邓恩铭

1921年7月，邓恩铭和王尽美代表济南共产党早期组织参加了在上海举行的中国共产党第一次全国代表大会。这一年邓恩铭才二十岁，是唯一的少数民族代表。1922年，山东党组织把工人运动的重点放在济南、青岛、淄博等工矿区。邓恩铭奉命到淄川矿区开展工作，这是他第一次来到淄博。他利用叔父黄泽沛任淄川县知事的有利条件，深入矿井、工棚、农村、学校，宣传马克思主义和共产党的主张，调查了解工人的劳动、生活状况，启发工人觉悟，号召工人团结起来，同帝国主义和资本家进行斗争。这一时期，他先后结识了淄川县立高等小学的进步教师赵豫章、郭粹甫等，为以后在淄博地区发展党团员、建立党组织打下了基础。

为了便于接近工人，邓恩铭以淄川洪山"宪章照相馆"为秘密活动点，深入矿工家中，宣传革命道理，介绍俄国十月革命及全国各地工人运动的情况，耐心地启发教育工人认识自己的力量。

邓恩铭不辞劳苦地奔波于淄川、博山矿区之间，深入矿工居住的农村了解情况，分析斗争形势，鼓舞工人斗志。在1924年5月8日由淄川发出的一封家信中，邓恩铭提到"职务（指革命工作）缠身，没法摆脱，故只好硬着心肠不回去"，以此答复在贵州荔波水浦的父母数次要他回家的催促信。邓恩铭的工作极大地鼓舞了淄博矿区工人们的斗争意志。

1924年初，邓恩铭指导王复元、李青山重建了张店铁路工会。淄博各地工人运动的蓬勃发展，尤其是矿业工会淄博部和"学艺研究社"的斗争，引起了中央的重视。淄博工人运动的开展，锻炼了队伍，积累了经验，为淄博地区党组织的建立，从组织上、干部上做好了准备。

1927年11月，邓恩铭任中共山东省委书记。当时正是大革命失败后，反动派极其猖狂，革命党人和革命群众遭到严重挫折的困难时期。然而，在这种情况下，山东党的工作仍得到相当的发展，保存了党的力量和干部。

2009年9月，邓恩铭被评为"100位为新中国成立作出突出贡献的英雄模范人物"。

3. 马耀南

"一马三司令"

"一马三司令，得了抗日病。专打日本鬼，保护老百姓。"

这是抗战时期淄博地区广为流传的一首民谣。

民谣中的"一马三司令",指的是八路军山东人民抗日游击第三支队司令员马耀南、八路军渤海军区第六军分区副司令员马晓云和山东人民抗日救国军第五军第一支队司令员马天民。这三人是一母同胞的亲兄弟,是山东抗战史上著名的抗日英雄。尤其是马耀南,更是妇孺皆知,英名远扬。

马耀南又名马方晟,1920年以优异成绩考入济南一中。学生时代,面对中华民族内忧外患,风雨飘摇,爱国主义的种子在他心中萌芽、生长。他积极阅读《新青年》等进步书刊,接受共产主义思想的启蒙教育,投身反帝爱国运动。

1924年,马耀南考入天津北洋大学,被选为该校学生联合会和天津学生联合会的负责人之一,成为学生运动的领袖。1933年,马耀南回到家乡长山中学任校长。他聘请有识之士任教,提倡学生自由研究,教育师生联系群众,培养学生的优良品德。长山中学很快成为周边十几个县的教育翘楚,马耀南也受到了社会各阶层人士的拥护。

七七事变爆发后,马耀南逐渐认识到,要想救中国,必须武装抗战。

中共山东省委根据党中央关于坚持全面抗战、开展敌后游击战争的指示,制定了在山东各地建立武装起义点的计划。曾在长山中学附小任教的共产党员林一山,建议省委在长山中学建立武装起义点。他说,该校校长马耀南是个有才华的知识分子,有强烈的爱国思想和坚决抗日的决心,且在当地有很高的威望和影响,这是极为有利的条件。省委派林一山去长山中学与马耀南接头。两人一见如故，促膝相谈，相商共同抗日。林一山介绍他参加了中华民族解放先锋队。经林一山安排，1937年10月初马耀南去济南，请求派有斗争经验的人去领导起义。

山东省委接受了马耀南的请求，10月中旬派姚仲明以国文教员的身份去长山中学领导抗日工作。11月，山东省委又派来红军干部廖容标和共产党员赵明新，在长山中学建立了直属中共山东省委领导的地下党小组。马耀南不畏艰险，顶住各种黑恶势力的打压，支持和协助地下党小组积极开展工作。校内组织了"抗日后援会"，出版了抗日小报，并以"民众夜校"的名义举办了游击战术训练班，为抗日武装起义做了思想和组织准备。

1937年12月24日，日军轰炸长山城。国民党军政人员弃城南逃，长山中学党组织当即决定举行武装起义。姚仲明、廖容标、赵明新带领师生先往黑铁山。马耀南去长山三区组织人员、筹备粮款和枪支弹药。几天之后，他带着筹来的三支枪，几百元大洋、油印机等赶到黑铁山。

黑铁山抗日武装起义建立了山东人民抗日救国军第五军。之后，该队伍克邹平、攻长山、炸汽艇、战白云山，打得日军闻风丧胆。

1938年6月，山东省委将黑铁山抗日武装起义部队整编为八路军山东人民抗日游击第三支队，马耀南任司令员。同年10月，马耀南加入中国共产党。1939年7月22日，在桓台牛旺庄战斗中，马耀南壮烈牺牲，年仅三十七岁。

"一马三司令"全部牺牲在抗日沙场，可谓满门忠烈。

4. 马立训

威震敌胆的"爆破大王"

在淄川革命历史纪念馆前的广场上，矗立着一座塑像，塑像中的英雄双手紧握炸药包，眉头紧锁，眼睛凝视前方，似乎时刻准备着向敌人发起冲锋。他就是马立训，一个在淄博这片红色土地上成长起来的"特等爆破英雄"。

马立训，1920 年出生于淄川一个贫苦的矿工家庭。为了糊口，年幼的他来到吞噬人命的煤窑里做苦工，在这里，他第一次接触到了炸药。不久，马立训又被国民党顽军抓去当兵。1940 年 1 月，马立训所在的国民党顽军在博山小田庄一带被八路军山东纵队击败。马立训被解放入伍，编入山东纵队第四支队三营十二连，跟着营长王凤麟学习工兵爆破技术，在学习和战斗中，坚定了共产主义革命理想。

在开辟沂蒙山根据地的战斗中，他舍生忘死，冲锋在前，表现出超人的机智和勇敢。一次爆破任务失败后，马立训提出用破布和麻袋包紧炸药，用手榴弹引芯作为导火索，捆到木棍上，竖到敌人的碉堡下引爆。马立训在火力掩护下，双手提着炸药包，冲到鹿砦下，随着轰隆一声巨响，敌人的鹿砦飞到了空中。接下来是第二包炸药、第三包炸药，随着震耳欲聋的巨响，敌人的碉堡被马立训炸成了"豆腐渣"。马立训一战成名，成为全团将士赞不绝口的第一爆破手。

马立训英勇果敢连破敌阵立了大功，被誉为鲁南三团的一门"神炮"。1944年7月，山东军区召开英模大会，山东军区司令员罗荣桓、政治部主任肖华等首长接见了他，并授予他"特等战斗英雄"和"山东爆破大王"的光荣称号。

1945年2月3日，马立训所在部队担任主攻泗水城西门的战斗任务，这又是一场恶战。泗水城围墙又高又厚，并且筑有许多炮楼，攻打这样的城堡对他们来说还是第一次。战斗打响后，第一名爆破员抱着炸药包刚刚冲到碉堡附近的开阔地就被敌人击中，负伤倒地。

马立训见状立即跃出掩体，接过六十斤重的大炸药包，冒着敌人的枪林弹雨，向碉堡飞奔。他时而奋进，时而卧倒，任凭子弹从身边呼啸而过。突然，在敌人密集的射击中，马立训倒下了，几秒钟过去了，未见他起来的身影，同志们的心骤然紧缩，目不转睛地望着他倒下的地方。正当战友们焦虑不安准备再派爆破员上去时，马立训竟神奇地站了起来。随后，惊天动地的爆炸声将敌人的碉堡炸开了一个大洞。将士们趁着硝烟冲进了炮楼，泗水城随之解放。

阎村是津浦铁路以西的重要据点。1945年8月，八路军攻打阎村，当时村东南有一个很结实的地堡，土匪头子申现武带领一股顽匪与八路军对抗，战斗十分激烈。八路军一边从上方吸引敌人的注意力，一边派人从围墙外挖地洞。当时村东南有条河，边打边挖，七天七夜才挖到敌人的围墙边，而且每次只能通过一个人。

在炸开东南角炮楼一道缺口后，马立训带领二排全体战士向刚刚炸开的缺口冲去，在冲锋时，他不幸被敌人的子弹射中胸部，倒在血泊之中。月光下，马立训脸色苍白，鲜血染红了上衣，他用焦急而微弱的声音说道："碉堡炸开的缺口太小，不能冲锋！"话音刚落，就停止了呼吸，那一年，他年仅二十五岁。

《鲁南时报》在悼念马立训的文章中，对他在实战中使用的"偷爆""空爆""飞行爆""连环爆"等一系列爆破技术和战术给予了高度评价。2009 年 9 月，马立训被评为"100 位为新中国成立作出突出贡献的英雄模范人物"。

5. 焦裕禄

县委书记的榜样

"我钦佩那些为国建立过功勋的仁人智者，更爱那哺育过无数仁人智者的好山好水。而令我最喜爱的，就是岳阳山南山脚与崮山西山脚交汇处的阚家泉。阚家泉的泉眼有锅口粗细，传说有一条蛟龙自东海钻来，在此处出洞，洞口也就成了泉眼。清凌凌的泉水从泉眼涌出，在近处的洼地浸成一个小湖，然后冲刷出一条河流，流经南崮山我的学校，奔向山外的天津湾去。我常在湖里河里游水捉鱼，也想看见那条蛟龙是怎样自泉眼钻出，张开巨口对着山上的旱地喷水……"

很多人想不到，这灵秀流畅的文字出自一名小学生之手，他就是少年焦裕禄。在博山区北崮山村的焦裕禄纪念馆里，陈列着这篇作文《阚家泉的风景》，几乎每一位参观者都会细细阅读甚至诵读。从字句间，我们能感受到少年焦裕禄就像一块无瑕的新玉，对世界满怀热爱，对未来充满憧憬，清新隽永的文字，闪烁着少年纯真的光芒。

少年焦裕禄用清秀的笔墨、丰沛的情感，表达了他对"绿水青山"发自肺腑的热爱。焦裕禄的女儿焦守云在《我的父亲焦裕禄》中写道："父亲对种树育林特别上心。"焦裕禄的这种情结与幼时的生活经历不无关系。

1922年8月16日，焦裕禄出生于博山县北崮山村的一个贫苦家庭，七岁上学，学习刻苦认真，考试成绩总在前几名。1932年，家乡遭遇灾荒，日子更加艰难，十一岁的焦裕禄被迫退学。除在家种地外，他还在农闲时做点小生意维持生活，在古山桥卖过锅饼，跟着穷乡亲推独轮小车运煤卖煤，还到煤窑做过工。

淄博博山焦裕禄纪念馆

家乡的岳阳山是一座文化名山，焦裕禄的童年记忆里有绿水青山，也有战乱天灾造成的民不聊生，为了生计，当地百姓不得已到岳阳山上毁林开荒，导致山体光秃，生态环境破坏严重。1964年春节，焦裕禄最后一次回北崮山村探亲，他对村支书陈壬年说："北山得绿化绿化，种植桑树，可以赏叶，也可以喂蚕。在崮山上种些桃树，可以赏花摘果，村民们也能有些收入。""好山好水"，是焦裕禄的梦中家园，也是少年走向广阔世界的起点。如今，岳阳山景美山奇，绿色植被覆盖率达90%，宛如绿色海洋，人们漫步山林，无不佩服焦裕禄的长远眼光，感叹他对故乡的一片深情。

　　时间回到1962年，这时候的焦裕禄刚来到河南兰考县担任县委书记，展现在他眼前的是一片荒芜。黄河兰考段是九曲黄河最后一个大拐弯处，呈"U"字形，因地势险要，素有"豆腐腰"之称。曾经，这里有上百个风口，地下水位高，含碱量大，风沙、内涝、盐碱成为兰考数百年来的"三害"。

　　焦裕禄经过多次考察，最终决定在兰考县种植泡桐树。泡桐树可以在沙子中生长，并且生长周期短，种植成本低，大片的树林组合在一起可以抵御风沙、改善土地、防旱防涝。果然，在大面积种植泡桐树之后，兰考地区的环境问题得到了改善。

　　为改变兰考面貌，焦裕禄虽身患肝癌，依旧忍着剧痛坚持工作，用实际行动铸就了"焦裕禄精神"。临终前，他对组织上唯一的要求就是：死后"把我运回兰考，埋在沙堆上。活着我没有治好沙丘，死了也要看着你们把沙丘治好"。

　　为了纪念焦裕禄同志，2013年，焦裕禄干部学院成立。

每年来自全国各地的学员都会过来聆听焦裕禄的故事,学习他的精神,并在"焦桐"树下,共同缅怀这位英雄。

6. 朱彦夫

中国的保尔·柯察金

2021 年 10 月,以抗美援朝战争中长津湖战役为背景的电影《长津湖》引发观影热潮。该片讲述了一段波澜壮阔的历史,在极寒的严酷环境下,志愿军部队凭着钢铁意志和英勇无畏的战斗精神,扭转战场态势,为长津湖战役胜利做出了重要贡献。被誉为中国当代"保尔·柯察金"的淄博人朱彦夫,就是当年参加长津湖战役的志愿军战士之一。

1950 年,中国人民志愿军部队与美军在朝鲜长津湖地区交战,中国人民志愿军第九兵团将美军一个多师分割包围于长津湖地区,歼敌 1.3 万余人。这次战役收复了三八线以北的东部广大地区,是扭转局势的关键一战,而中国人民志愿军也付出了惨痛的牺牲。

长津湖地区是朝鲜北部最为苦寒的地区,当年又是五十年一遇的严冬。朱彦夫所在连队冒着零下三十多度的严寒,顽强地与敌人激战三天三夜,打退了敌人一次又一次进攻,最后全连官兵仅剩下他一人。

在敌人的狂轰滥炸中,战友的鲜血染红了雪地,仅剩下他,头部中弹,胸部、腹部重伤。昏死过去的他迷迷糊糊醒来,甚至吞下了自己的一颗眼珠。

后来，增援部队把朱彦夫从雪地里扒拉出来，送到战地医院。由于冻伤严重，朱彦夫的四肢已经溃烂，必须截肢，两腿从膝盖以下截去，两手从手腕以上锯掉，他失去了左眼，右眼的视力仅剩 0.3。

这位钢铁战士在经历了 47 次手术，昏迷了 93 天后，竟奇迹般地醒了过来。

醒过来的朱彦夫下意识地想要摸枪，却发现自己的双手双脚没了。病房里，医护人员想安慰他，却不知如何开口。整整一个星期，朱彦夫不吃不喝。在医护人员的不断劝解下，冷静后的朱彦夫心想，就是为了死去的战友，也得活下去。

1952 年，朱彦夫被转到山东省荣军休养院。四年后，朱彦夫主动放弃了特护待遇，回到家乡沂源县张家泉村。

回到家乡后，朱彦夫从专人特护变为基本自理，吃饭、喝水、大小便，这些在常人看来再平常不过的事，却成了横在朱彦夫面前一座座无法逾越的高山。为了不拖累母亲，他常常把自己反锁在屋里，忍受着各种痛苦，练习生存技能。

为了能够走路，朱彦夫决定装上假肢。刚开始装上假肢学走路的时候，经常摔得头破血流，疼痛难忍。

寒来暑往，一遍遍地摔倒，一次次地爬起，就这样，朱彦夫克服了常人难以想象的困难，历经几年的磨难、锻炼，终于实现了生活自理，他又一次创造了生命的奇迹。

张家泉村面积 1.5 平方公里，全村 108 户人家，分散在 6 座荒山上，山高坡陡，缺地少水。朱彦夫回到家乡后，看到乡亲们生活仍然比较贫困，他忧心忡忡，决心带领群众改变贫困落后的面貌。

村里用水困难，村民常常要跑几里山路去挑水，去晚了只能舀点泥汤。为了解决这一问题，朱彦夫带领全村380多名劳力，昼夜不停地修建大口井。1971年冬天，大雪纷飞，拖着假肢的朱彦夫，在水利建设工地上来回巡视。

当时，张家泉村几乎没人见过电灯。架电需要从十公里外的公社驻地接线，当时的架电材料奇缺，供电部门也爱莫能助，只能自己想办法。朱彦夫决定采购架电材料。

七年间，朱彦夫跑油田，去上海，闯西安，下南京……先后79次外出，行程七万多里，历经千辛万苦，终于备齐了价值二十多万元的架电材料，为家乡带来了光明。

朱彦夫被誉为中国当代的"保尔·柯察金"。他的事迹，他的精神，感染并鼓舞着无数人。

二

古今胜景　岁月华章

淄博历史悠久,境内有大量文化遗址和风景名胜。遍染岁月沧桑斑驳残缺的城墙、保存完好的周村大街明清古建筑群、齐国故城、名人故居,那些沉淀下来的历史记忆和文化基因,成为人们探索和理解古代文明的重要途径。淄博现有世界文化遗产 1 处(齐长城),全国重点文物保护单位 20 处,省、市、县级文物保护单位分别为 140 处、358 处、522 处,国保文物单位数量居山东省第五位。千年历史积淀,为淄博留下了大量的遗址和文物,远古文明在这里镌刻下独特的烙印,如同一本厚重的历史长卷,其影响力早已超越了地域与国界,成为全人类共享的文化遗产。

走在淄博的大街小巷,可以感受到古代与现代的完美融合。繁华热闹中的历史遗迹和古建筑,正在默默讲述着淄博的沧桑变迁。对文化遗址的保护和修复,也体现了淄博人对历史的敬畏和尊重。同时,淄博的青山绿水,体现了自然与人文的深度契合。淄博自然生态极为优越,拥有众多名山胜水、奇峰怪石、飞瀑流泉,无数文人墨客在这里驻足,泼墨挥毫,吟诗作赋,与壮美自然彼此呼应,可谓人杰地灵。这座城市,古韵犹存,青春灵动,风华绝代。

（一）文明火种

1. 沂源猿人遗址

已知最早的山东人

1981 年 8 月，在山东全省开展的第二次文物普查中，沂源县被指定把普查重点放在古人类遗存上。早在 1965 年，沂源县土门镇黄崖村北的千人洞就发现了部分打制石器和动物化石，还有烧土和灰烬。经鉴定，属旧石器时代晚期的古人类遗存，距今有两三万年，这在当时是山东唯一的旧石器古人类遗存。此次普查会不会有新的重大发现，人们充满期待。

9 月 16 日，普查人员对土门镇进行了重点走访和考察，并在一个山洞里首次发现了动物化石。普查人员采集了很多动物化石，工具包盛不下，就用雨衣包，大家都激动不已。旁边一个民工说，他们在下边沟对面修路的时候挖出来的骨骼比这里还要多。队员们一听，赶忙转移战场，一连几天，他们都在民工所指的土门镇骑子鞍山下一条新修的公路旁仔细搜寻。

9 月 18 日下午，在清理被公路切断的山洞底部浮土时，普查队员杨雷被一件异乎寻常的化石给吸引住了。这是一个小瓢似的东西，同队的徐淑彬看过后，突然激动地说："这是不是头骨啊？"队员们在肯定了这一想法后，马上向馆领导做了汇报。

此后，这块头骨及部分动物化石被送到了省会济南，因当时省里尚无能力对化石进行鉴定，山东省文化局领导决定立即将化石送往北京。不久之后，这块化石和其他动物化石，一起被送到了著名考古学家和古人类学家、北京大学考古系教授吕遵谔的手中。吕遵谔，山东人，是新中国培养出来的第一批屈指可数的旧石器考古专家。他仔细询问了头骨化石发现的经过，并反复查看，根据头骨上所呈现出的人字缝，断定这是人类的头顶骨，并且根据它的石化程度和同一地点采集的动物化石，判断极有可能是猿人的头骨。

紧接着，吕遵谔教授带领考古队专程来到沂源县，对头骨化石发现地进行了系统发掘，又相继发现了猿人头骨1块，眉骨2块，牙齿7颗，肱骨、股骨、肋骨各1段，及伴生动物骨骼化石10余种。经中国科学院古人类研究所及北京大学等高

沂源猿人遗址

校有关专家鉴定，确系旧石器时代的猿人遗骸，并且属于两个以上的不同个体。后国家有关单位将其命名为"沂源猿人"，又名"沂源人"。汕头大学科研团队利用"铝铍埋藏测年法"对这块头骨的年代进行了测定，显示化石的年代应该是 64±8 万年。说明人类先祖至少在距今 60 万年前就已在山东地区繁衍生息了。沂源猿人头盖骨化石后送山东博物馆保存。

沂源猿人的发现，是中国古人类考古史上的一项重大成果。目前来看，沂源猿人是山东最早的人类，也是黄河中下游地区最早的古人类。这一发现填补了中国猿人地理分布的一个空白，对研究人类起源具有重要意义。2006 年 5 月，该遗址被列为第六批全国重点文物保护单位。

2. 后李遗址
海岱新石器时代寻踪

后李遗址，位于临淄区齐陵镇后李官庄村西北约 500 米处淄河东岸的二级台地上，西南距临淄区辛店城区约 12 公里，西北距临淄齐国故城约 2.5 公里。早在 20 世纪 60 年代，考古专家就发现了这处遗址的存在，进行试掘后，获得了一些别具特色的陶片；1965 年和 1987 年，北京大学历史系考古专业师生、山东省文物考古研究所先后做了进一步的勘探和试掘。后李遗址作为山东境内早期文明的典型代表，引起了学界的广泛重视。

1988 年，济青高速公路建设提上日程。为配合工程建设，同年 10 月至 1990 年 6 月，山东省文化厅济青高建公路工程文物工作队对后李遗址进行了四次大规模的考古发掘，共开探方179个，揭露面积约6500平方米，文化堆积厚达数米，计12个文化层。

后李文化属于新石器时代早期，距今八千年，分为后李一期文化和后李二期文化。

后李一期文化的遗迹有房址、陶窑、灰坑、灰沟和墓葬等。房址多不完整，面积一般较大，灶坑周围有条石支撑。灰坑分圆形筒状、圆形锅底状及不规则形三种，以圆形筒状坑为主。墓葬有土坑竖穴墓和土坑竖穴侧室墓两种。陶窑只发现一座，为竖式，分为窑室、火膛和泄灰坑三部分。出土遗物有陶器和少量的石、骨、角、蚌器。陶器均为夹砂陶，未见泥质陶，有个别掺蚌壳和云母的现象。陶器的烧制火候较低。按陶色可分为红褐陶、红陶、灰褐陶和黑陶，以红褐陶最为多见。器物造型以圜底器为主，圈足器极少，不见三足器，陶器的纹饰也十分简单，未见彩陶和彩绘陶。器型主要有釜、钵、盆、罐、碗、盂、支脚等。

后李遗址二期文化，出土物以陶器为主，陶系以夹砂红褐陶和泥质红陶为主，器类流行三足器和圜底器，少见平底器，不见圈足器。器形有鼎、钵、小口双耳罐等。另外有少量石、骨、角、蚌器。

在此之前，考古学者一直把距今约七千年的北辛文化视为山东地区最早的文化，而临淄后李遗址的发现，颠覆了人们的认知，将山东的史前文化又向前推进了一千余年，因此被认定为"海岱地区史前文化源头"，也成为中国新石器文化遗址的典型代表之一。2006年被列为全国重点文物保护单位。

目前，同时期遗址在山东已发现十余处，主要分布在泰沂山系北麓的山前平原，东起淄河流域，西至长清境内。

除后李文化外，遗址还发现有新石器时代中期的北辛文化、周代遗存，还有西汉至明清时期的遗存。这说明在过去的八千多年里，这一带一直有人类居住。

此次考古的另一重大发现，是一座春秋时期的大墓。大墓里埋藏着古车10辆、殉马35匹，是中国发现的同时期规模最大的殉车马坑，被列入1990年全国十大考古发现之一。

3. 陈庄—唐口西周城址
齐文化的曙光

2008年，在南水北调工程开工前夕的文物调查中，山东省考古研究室的专家在小清河北岸、高青县花沟镇陈庄村东南，发现了一处西周早期大型文化遗址，后被命名为陈庄—唐口西周城址，并被列入全国重点文物保护单位。

该遗址东北距县城约12公里，北距黄河约18公里，周围属地势平坦的黄河冲积平原。遗址总面积约9万平方米，文化层距地表1.8—2.8米。经勘探，遗址出土了祭天的神坛、驷马战车、水井，以及大量青铜礼器和刻有卜辞的兽骨。

其中一件青铜器后被命名为"引簋"，器上铸有铭文，大意是：正月壬申日，周王在恭王宫室内，召见了引。王说："引，我曾任命你继承先祖职位，统领齐国军队。今日我重申此命令，并赏赐你一把彤弓、百发彤矢、四匹马。望你整备车马，不要有败绩。"引叩拜，铭记王的恩赏。用他追击敌军缴获的兵器，铸造了这件宝簋，子孙世代使用。被赏赐"彤弓""彤矢"，说明主人地位很高，相当于诸侯级，文献中晋文公也不过如此。

主持此次考古发掘的山东省考古研究院院长郑同修认为，陈庄—唐口西周城址具有"五个第一"的重大价值：第一次在山东发现西周早期城址，第一次发现西周的贵族墓葬，第一次发现西周的祭坛，第一次发现与姜太公直接相关的铭文铜器，第一次发现西周早期的刻辞卜甲。

著名史学家李学勤认为，遗址发现的祭坛，与齐哀公被烹杀的一段公案有关。纪侯诬陷哀公，周王盲信，用大鼎将哀公烹死，立哀公的弟弟静为齐君，即胡公。

该遗址被国家文物局列入2009年中国十大考古新发现。中国社会科学院将其列入"2009年度全国六大考古新发现"，该院考古研究所研究员许宏做了如下点评："陈庄遗址地处齐国近畿地区，如此高规格的遗存集中出土，使人有理由把它们与齐国早期权力中心的活动联系在一起考虑。"

按照最初的规划，南水北调工程要经过这个遗址。为保护这项重要的文

陈庄—唐口西周城址出土的引簋铭文

化遗产，著名考古学家、北京大学考古学系原主任李伯谦专门致信时任山东省政府主要领导，在各方协调之下，南水北调工程改道，遗址得以保全。

4. 齐国故城

千年古都的旧貌新颜

西周初年，姜太公封齐建国，都城为临淄。此后齐国延续八百余年，临淄地上地下浩繁的文物古迹，是悠久历史和古老文明的见证，具有非常重要的历史、科学、艺术研究价值。

齐国故城遗址位于今临淄区齐都镇，包括大城和小城两部分。与同时期其他都城外城套内城（或者都城套皇城）结构不同，齐国故城别具一格——小城嵌入大城西南角。大城南北近九华里，东西七华里余，是官吏、平民及商人居住的廓城；小城在大城的西南方，其东北部延伸进大城的西南隅。南北四华里余，东西近三华里，是国君居住的宫城。目前发现城门、防御系统、排水涵道、交通干道等重要遗址若干处。

临淄齐国故城分区明确、规划有序。宫殿区在小城北部，遗址主要保存有桓公台等；手工业区在大城内，尤以中部分布最为密集，目前发现多处冶炼铁铜、铸造钱币遗址；大型墓葬区在大城东北部，今河崖头村一带，其中齐景公墓殉马坑，长215米，殉马在600匹以上，场面极为震撼；主要的商业区在大城北部偏东区域，是齐国"国市"所在，成语"摩肩接踵""挥汗如雨"描述的就是这里的繁华富庶景象。

临淄齐国故城久负盛名，在中国乃至世界古城中地位极高。作为先秦时期中国最大、最富庶的工商业都市之一，素有"富冠海内，天下名都""东方古罗马"之誉，先后被认定为全国重点文物保护单位，"国家历史文化名城"。

从文化发展与传承角度看，临淄齐国故城是齐文化的核心区域和重要发祥地，创造并发展了以变革、创新、开放、务实、包容为特色的优秀传统文化——齐文化。在这片神奇的土地上，明君贤臣灿若星河，良将名家雄才辈出，其中赫赫有名的人物有周师齐祖姜太公、春秋首霸齐桓公、中华名相管仲、廉相晏婴、兵圣孙武等，留下了数十部彪炳史册的中国古代典籍，有《管子》《晏子春秋》《孙子兵法》《考工记》《齐民要术》等，创造了至今为人们津津乐道的"以人为本""和而不同""廉为政本""百家争鸣"等三百多个齐国成语典故。

2013年，临淄齐国故城考古遗址公园由国家文物局批复立项，以利于更好地保护和开发临淄古城遗址。目前，遗址博物馆、大城西墙排水道口、小城城墙、游客展示服务中心等项目已投入使用；桓公台、晏婴冢、孔子闻韶处、三士冢、遄台等遗址，常年对社会免费开放。

随着临淄齐国故城考古遗址公园的持续开放，人们能够更好地领略"春秋五霸之首、战国七雄之一"的昔日荣光，梦回"海岱名都"连衽成围、冠带衣履天下的繁华场景，沉浸式体验齐文化的璀璨辉煌。

5. 稷下学宫
中国最早的社会科学院

两千三百多年前的某一天，在齐国都城临淄，来自鲁国的儒学大师孟子，遇到了齐国著名学者、博学而无派的淳于髡，二人展开了一番唇枪舌剑的辩论。

淳于髡率先发难："既然先生认为'男女授受不亲'，假如嫂子掉进水里了，小叔子要不要伸手去拉？"

孟子坦然应对："男女有别，不可随意肌肤相亲，这是正常的礼制；嫂子掉进水里要伸手去拉她，是权宜变通的办法，这有什么可疑惑的呢！"

二人辩论的地点，位于临淄都城西南方向，稷门之下。田齐桓公在这里设置学馆，招纳天下贤士聚此讲学，后人遂称"稷下学宫"。在此活动的学者，齐人尊称为"稷下先生"。此后田齐几代君王都具有网罗人才、建立"智库"的意识，非常重视学宫的建设。齐国以高官厚禄养士，各家各派精英云集于此，学者荟萃，学术交融，出现了"百家争鸣"的繁荣景象。稷下学宫不仅是一所学校，同时也是齐国的"询议机构"，类似于当今的"政策研究室""社会科学研究院"，这里所发出的声音，往往成为战国时代的政治风向标。

前来齐国讲学的学者享受很高的政治礼遇和优厚的经济待遇，因此稷下学宫对当时的诸子百家具有强大的吸引力。田齐桓公开创学宫时，尊称稷下贤者为大夫。齐宣王时，稷下学宫达到鼎盛，宣王一次性将七十六名稷下学者列为大夫。对于出类拔萃的人物，还鼓励他们评论国事，建议朝纲。淳于髡曾讽谏齐威王荒政，威王受到启示，立下"一鸣惊人"的誓言，由此实现大治。在物质生活方面，齐国提供了非常优渥的条件，稷下先生们住的是高门大屋，出行乘坐高档车轿，对知识分子的重视可见一斑。

稷下学宫可谓学派林立，济济一堂。颇具代表性的人物有：道家的田骈、慎到、接子、宋钘，阴阳家邹衍、邹奭，儒家的孟子、荀子；名家的兒说和田巴；博学而无派的鲁仲连、淳于髡；等。对于这些人的去留，齐国的政策非常开明，那就是来去自由。淳于髡、鲁仲连、邹衍等本是齐国人，但可以到别的国家游说，推行自己的主张。荀子是赵国人，在齐国三任稷下学宫祭酒，威望很高，他曾到秦国去游历，回来后极力夸赞秦国官吏守法、朝廷清净，认为是最好的政治，军队建设也比齐国好。人到暮年的荀子则去了楚国兰陵。愿意来的真心欢迎，想走的也不强留，这种宽松自由的政策非常具有吸引力。

在学术上，齐国统治者实行自由辩论、百家争鸣、不治而论的方针。孟子曾说："我哪里是喜好与人争辩呢？我是不得已啊！"因为游说诸侯、教化庶民、激浊扬清，常旗帜鲜明地与人争论是非，孟子落下了"好辩"的名声。荀子则说"君子必辩"。尤其值得称道的是，在辩论过程中，稷下先生们注意相互学习，做到了"兼听则明""纂论公察"，而不是"唇枪舌剑"，逞口舌之利，胡搅蛮缠。这种良好的学术风气，使得稷下学宫成为繁荣文化思想的自由讲坛。稷下学宫集讲学、著述、育才与咨政为一体，自由讲学、倡导游学、鼓励争鸣，尊重和优待知识分子，都显示了其成功之处。

历史上有没有稷下学宫？稷下学宫的确切地址在哪里？对此人们历来争论不休。经过多年的考古发掘，2022 年 5 月，在临淄齐国故城小城西门外建筑基址群，现场专家和学者们兴奋地宣布：可以确定此处就是稷下学宫遗址！

稷下学宫存在的一百五十年，在历史长河中，不过是短暂一瞬，但对后世的影响却非常深远，不仅促进了战国时期思想学术的发展，也促进了知识分子的独立性和创造精神的形成，塑造了辉煌的稷下时代和灿烂的战国文化。

6. 田齐王陵
六大君王长眠之所

田齐王陵是齐国六君王墓，墓冢东西排列，绵延相连，封冢高耸，气势雄伟，状若山丘。附近又有几十个小封冢环绕四周，故有"齐陵"之称。陵区最著名的有二王冢和四王冢。

六座王陵原本是一个整体，古代只有一条小驿道从中间穿过。19 世纪末至 20 世纪初修建的胶济铁路将六座王陵一分为二，成了现在的组合。

齐国是周王朝分封的诸侯国，定都营丘，即现在的临淄。西周至春秋时期姜姓为国君。春秋末期，齐国姜氏势力随着奴隶制的衰亡而败落，而代表新兴地主阶级的田氏逐渐兴盛，掌握了齐国的统治大权。公元前 386 年，田和把姜齐最后一代国君齐康公逐放到了东海，自立为齐王。周安王十六年（前

386)，周王室确认了田和的领导地位，田和便成了田齐国的第一代国君，齐国由此开始了田齐时代，史称"田齐取代姜齐"。

早期文献多记载二王冢为春秋五霸之首齐桓公姜小白和姜齐第二十五代国君齐景公姜杵臼之墓。1984年，山东省考古研究所根据二王冢和四王冢的规模、形制和所处的地理位置，并联系田氏王族世系和古代帝王葬制，进行了稽考，确认二王冢为田齐第二代国君田剡和第三代国君田午的墓葬。

二王冢两座陵墓东西并列，东西总长160米，南北约100米。当地很久以前就有"齐王埋在三山口，临淄永世不为京"的民间传说。尽管历史考证，二王冢埋葬的是田齐国君，但也许是先入为主的缘故，人们还是愿意将二王冢与"九合诸侯，一匡天下"大名鼎鼎的齐桓公姜小白联系在一起。

而二王冢真正的主人田剡和田午父子，历史上没有多少功绩记载，只是那个田齐桓公"讳疾忌医"的故事，还能引起人们的注意。

四王冢，有四王坟、四豪冢、四女坟、四辈坟等多种叫法。经过考古部门考证，是田齐威王、宣王、湣王、襄王四代国君的墓葬，位于二王冢西南千米左右，北临淄河，南依火石山。火石山因产火石而得名。火石山又叫庙山，山上原有石庙和古柏树，现已被开采成了一个大石坑，西头还能看到茂密的侧柏林，东西排列，状如山峰。自西而东为威、宣、湣、襄墓，皆方基圆顶，墓葬底部相互连接。四墓高约40米，墓底边长在80至90米之间，俨然四山并峙，气势十分壮观，与二王冢隔着胶济铁路，遥相呼应。

六座田齐王陵的建制是一致的，都是依山而建，用坚硬的夯土层层筑起，上面不长大树，只有一些灌木丛。建陵的土有多种颜色，黄土、黑土、红土皆有。据说当时曾号召全国百姓每人从家乡带一兜土来修墓，可见齐国造墓的规模是多么巨大。

悠悠千年起伏跌宕，历史车轮滚滚向前，站在六座田齐王墓前，穿越浩浩云烟，回想曾经的兴衰起落，那些激动人心的英雄豪情和辉煌灿烂的文明，犹如一束光，照亮人类前行的脚步。

7. 殉马坑

静默无声的大齐辉煌

齐国故城殉马坑，位于临淄区齐都镇河崖头村西，是一座大型东周墓的附属部分。20世纪六七十年代，考古人员在河崖头村发掘了五座东周墓，此墓为其中之一。因当时将其编为五号，故名为五号墓。殉马坑就位于五号墓主墓的东、西、北三面，呈"冂"字形，全长215米，宽4.8米左右。殉马在600匹以上。其数量之多、规模之大，堪称世界奇观。

河崖头村一带，是齐地东周墓葬富集区，已探明三十余座大中型墓葬和三个殉马坑。1976年发掘的五号墓，是一座甲字形土坑积石木椁墓，墓室和墓道系在人工挖掘的大坑中版筑而成。墓早年数次遭盗掘，随葬品已荡然无存，唯有殉马坑保留完好。

殉马坑

　　1964 年和 1972 年，专家分别发掘了殉马坑北面 54 米和西面南端的 30 米，共清理殉马 228 匹。按殉马排列密度平均每米地段 2.8 匹以上计算，坑内殉马总数不下 600 匹。春秋时期军队以车兵为主，兵车以"乘"计，四马一车为一乘，600 匹马可以装备兵车 150 乘之多。

　　殉马多数是六七岁的壮年马，是人为处死后，按照一定的葬式排列而成。殉马坑内的马按顺时针方向分两列埋葬，侧卧，头朝外，昂首做行进状，呈临战姿态，前后略有叠压，排列整齐，井然有序，气势雄伟壮观。

　　据考证，殉马坑的墓主是齐景公。齐景公名杵臼，是姜齐的第二十五代国君，在位五十八年，是齐国历史上统治时间最长的国君之一。亲政之初，他虚心纳谏，认真听取晏婴、弦张等人的建议，并放手贤臣治理国家，从而使齐国在短短数年间由乱入治，人民生活改善明显，综合国力得到了提高。他的文治武功使齐国得以强盛一时，国家拥有了"千乘"之师，为此，他还在齐国北部（今高青）建了千乘城。

孟子说："千乘之国，万乘之君。"在当时，战车的数量是衡量一个国家实力的重要标准。《尚书·牧誓》载："武王戎车三百两，虎贲三百人，与受战于牧野。"集天下之兵灭纣，军事规模也不过三百乘而已。而春秋晚期的齐景公时代，已经具备一千辆战车的强大国力了。

然而，国情有所好转后，齐景公便不再从谏如流，而是采用忠臣、奸臣"两用之"的政策，既要晏婴、司马穰苴等忠臣为其治国安邦，又不能离开梁丘据、裔款等奸臣的阿谀奉承。后来的齐景公贪图享乐，不顾百姓死活，厚赋重刑，不仅生活奢侈、声色犬马、大造宫室，甚至将百姓收入的三分之二供自己享用，致使民不聊生、怨声载道，虽内忧外患，他却不体恤民情，坚持与晋国争夺霸主虚名。《论语·季氏篇》中称："齐景公有马千驷，死之日，民无德而称焉！"

齐景公生前尤为爱马，因而死后用马陪葬。庞大的殉马葬式，可以看出齐景公生活的奢华，也反映出齐国当时国力的强盛。此遗址为后世研究春秋时期的齐国历史，特别是齐国经济、军事和殉葬制度等，提供了极为珍贵的资料。

8. 齐长城

中国最早的长城

公元前550年，齐庄公率军偷袭莒国。由于莒国早有防备，战事失利，大将杞良战死。杞良的妻子孟姜（姓姜，排行老大，故称孟姜）迎灵于郊外，伏枢大哭，路人无不为她的遭遇而伤心落泪，对她今后的生活感到忧虑。孟姜连续哭了十天十夜，伤心欲绝，最后绝望地投水而死。此时乌云翻滚，电闪雷鸣，附近的城堞轰然崩塌数丈。于是孟姜女哭倒城墙的故事从此流传开来，经过不断的演绎和丰富，成为中国古代四大民间传说之一。

关于孟姜女哭长城的故事，历来存在不同的版本。从历史文献来看，齐女杞良之妻哭迎丈夫无疑是记载最早的。而说到长城，孟姜所哭倒的齐长城在历史上也是最早的。

齐长城是中国现存的修筑年代最早、保存状况较好的长城遗址，是世界文化遗产的重要组成部分，2001年被列为第五批全国重点文物保护单位。

齐长城（孙伟庆摄）

齐长城修筑于春秋时期，完成于战国时代。西起济南市长清区广里村，东到青岛市黄岛区东于家河村，途经济南、泰安、淄博、潍坊、临沂、日照、青岛7个地级市18个县（市）区，东西绵延620多公里。淄博境内的齐长城遗址，自西向东分布于博山、淄川、沂源三个区县内，长155公里左右。齐长城沿线不仅留存大量的物质文化遗产，而且积淀了独特的风土民情，流传着许多美丽的民间传说。

齐国当年修筑长城主要是为了军事防御。春秋时期，齐国面临群雄争霸的政治形势，与鲁、晋、卫、宋诸国存在军事上的对峙。为了加强军事防御，便利用齐鲁交界泰沂山脉的自然地理条件，参照别国的做法开始修筑长城。齐长城东西横亘连绵，工程规模宏大，以今博山为界，分为东西两段。西段始建于齐桓公时期，至春秋中叶基本完成。田齐威王、宣王时期开始修筑东段，主要是为了防备楚国。经春秋战国近170年的艰苦努力，一千余华里的长城得以东西衔接，终于完成了齐国南境国防建设。需要说明的是，齐长城并不是沿着齐国的边境修筑，并非齐国的边境线，而是一处庞大的军事防御工程。

齐长城多依山势而筑，走向蜿蜒曲折，山岭之地又多筑在峰顶处，故齐长城又有"长城岭"之称。齐长城由城墙、关隘、城堡兵营和烽燧共同组成，建筑结构设计充分利用地形，因地制宜，就地取材。山岭地段因取石之便，即用石砌，不用灰浆；平坦地带，因无石可取，即用土加盐水版筑夯实而成。

公元前221年，秦灭六国，一统天下。齐长城因失去了原有的军事防御价值而被废弃。秦始皇为了防止百姓反抗和地方势力割据，甚至征发民力，大肆拆除内地长城和关塞，齐长城自然难逃劫难。再加上两千多年的风雨剥蚀和人为破坏，昔日蜿蜒不绝、恢宏壮观的齐长城，如今变得断断续续，隐匿于高山密林之间。在人迹罕至的地方，偶有少量保存较好的遗存。

齐长城规模宏伟，设计科学，结构合理，在当时诸国所置长城中绝无仅有，因此有"长城之父"的美誉。早在春秋战国时期，勤劳智慧的齐国人民就能规划设计并组织实施如此浩繁庞大的工程，绝对称得上是中华民族的骄傲。

9. 寨里窑

流光溢彩的青釉莲花尊

1982 年春天，淄川区龙泉人民公社社员为了开荒，正挥动铁锨、镢头，铲平一片俗称"乱岗子"的土丘。社员一镢头下去，竟然刨出一个瓷瓶。乱坟岗子刨出瓷瓶土罐，在当地被认为不吉利。社员反手就要将这个花瓶砸碎，有位名叫蔡新生的社员，颇有见识，觉得这个瓶子很不一般，于是救下了瓷瓶，带回家中。长辈们觉得晦气，对他好一通数落，蔡新生只好把它丢在废弃的猪圈里。

文物局的人听说了这件事，赶来现场考证，初步得出结论——这是一件 1400 多年前北齐的青釉莲花尊！得知这是件国宝文物，蔡新生毫不犹豫地捐献给了国家。1987 年，国家文物局将其定为国家一级文物。

这件青釉莲花尊口径 13.1 厘米，足径 16 厘米，高 59 厘米，整体造型优美，庄重典雅，胎质坚硬，饱满挺秀，是南北朝时期特有的随葬品。尊体集刻画、模印、堆塑等技法于一体，可谓是山东地区出土瓷器的翘楚。

青釉莲花尊

从造型艺术角度看，与目前国内发现的十几个同类瓷器相比，青釉莲花尊的莲花纹饰和青釉显得颇为不同。莲花在佛教中是净无瑕秽的圣花，此莲花尊的上腹部堆塑一周俯莲瓣纹饰，与下腹部的两圈仰莲瓣遥相呼应，腹中部是被誉为"不死树"的忍冬花纹饰，反映了佛教艺术对北方陶瓷的影响。

寨里窑烧制的青瓷早期施半釉，中后期施全釉，无论半釉或全釉，其成品釉面细致均匀，光泽度很高，胎釉结合牢固，完成了胎釉的瓷化。青釉莲花尊的釉色青翠，明亮润泽，雕刻精致，造型完美，堪称国宝精品。

从陶瓷发展史看，在同类瓷器中，只有这一青釉莲花尊能溯源到烧制窑口——寨里窑。据相关记载，寨里窑始烧于北魏宣武帝景宁年间，北朝时期是寨里窑的鼎盛时期，在工艺上，工匠们完成了从陶到瓷的飞跃，种类也从单一的日用陶瓷，发展出罐、盘、尊、壶、瓶、杯等多种器皿，并且出现了陶瓷花瓶。这些器物胎质坚密，釉色莹亮，瓷化程度高。寨里窑曾出土北朝时期的青瓷碎片，通过比对胎质、釉色、纹饰，最终确定寨里窑是孕育此尊的温床。这一发现也使得寨里窑址被认定为目前中国北方最早的青瓷窑址，揭开了北方烧瓷史最动人的序章。

在中国陶瓷史上，魏晋南北朝时期占有重要地位。以青釉莲花尊为代表的青瓷艺术品，不仅从造物设计方面体现了该时期艺术上的新变，而且表现出了可贵的创造性和自由精神，为中国古代艺术注入了新的特质。

寨里窑青釉莲花尊收录于《中国陶瓷史》，照片是《中国出土瓷器全集·山东卷》的封面。今人于中国陶瓷琉璃馆展窗前，驻足品鉴，理应感恩一千多年前的淄博窑工，采玉石为质，铸巧智为魂，塑传世珍品；更应感谢蔡新生，是他的见识和行动，救宝器于镢头之下。

10. 颜文姜祠

惊天地感社稷莫大于孝

百善孝为先。"孝"是中国传统文化的重要组成部分。博山因孝妇颜文姜的故事而成为孝文化发源地之一，博山建县之前的称谓"颜神镇"亦得名于颜文姜。颜文姜的故事在鲁中地区可谓妇孺皆知，她以孝名世，又因救助公婆亡殁，本地先民为纪念其孝行懿德，尊其为神，并世代崇祀。

相传在晋代以前，家住八陡（今博山区八陡镇）的颜文姜被许配给了凤凰山下郭姓人家。当时男方重病在身，家里本想借结婚冲喜给他治病，岂料婚礼还未结束，男方就病逝了。婆婆认为是颜文姜克死了儿子，对她百般虐待，罚她到十几里地之外的石马（今博山区石马镇桥东村）挑水供家人饮用。一日挑水途中，颜文姜遇一白胡子老头，老头赠给文姜一条马鞭，告诉她将马鞭放到水缸里，需水时将马鞭提一下，水就会满缸。文姜由此省却了挑水之苦。

一日，婆婆趁文姜不备，走到厨房，揭开缸盖，看到缸内有条马鞭，顺手一提，大水从缸里涌出，瞬间淹没房屋。颜文姜见状，毫不犹豫地坐到大缸上，用身体堵住了泉眼，水势最终得到控制，文姜却因此而亡。

在颜文姜坐化的地方，出现一眼清泉，顺山势向北流去，形成一条河。后世为纪念颜文姜，将清泉称为"灵泉"，河称为"孝妇河"，将颜文姜生活的村庄称为"神头"，把在河泉附近兴起的村落称为"颜神"。

为将颜文姜孝行昭告后人，博山先民在其坐化处修建了颜文姜祠。据史料记载：颜文姜祠始建于北周，在当时只是简陋的草庙或石庙。宋熙宁八年(1075)扩建，清康熙十一年(1672)又进行增建。后经历代不断修葺、扩建，始成今日规模，其最早建筑距今约1400年的历史。

颜文姜祠最为典型的建筑是无梁大殿，大殿不仅是颜文姜祠的主体建筑，也是该祠最具历史价值的建筑。大殿高15米，宽13米，长17米，前有卷廊，四角悬有风铃。殿前有一副抱柱楹联，其上联是"惊天地感社稷莫大于孝"，下联是"配江河揭日月至诚如神"。无梁大殿建筑构造精巧，利用四根斜柱同时向上支撑于一根龙形雷公柱中，雷公柱上有放射状斗拱，用以承托屋脊与屋面重量。这种无梁设计，在有限的高度腾出了较大的空间，注重实用性和艺术性的结合，展现了先人不凡的智慧和高超的技艺。

2001年11月，山东古建筑专家组对其进行了鉴定，初步确定颜文姜祠正殿为唐代建筑，颜文姜祠正殿成为中国仅存的三座唐代木构架建筑之一。

颜文姜祠建筑群荟萃了中国古代优秀的建筑法式，同时也是国内现存最早的一座由最高统治者褒封平民而建造的祭祀庙宇。

11. 西天寺造像

华东最大单体石佛造像

西天寺造像，又名无量寿佛，俗称丈八佛，立于临淄区齐都镇西关村北西天寺，为北魏时期遗物，是华东地区最大、最完整、可移动的单体石佛造像。2006年，西天寺造像被列为第六批全国重点文物保护单位。

西天寺造像高5.6米，宽1.8米，厚1米，口部与手有残。造像头饰螺髻，面庞丰满，身披通体袈裟，袒胸赤足，面南直立于高高的莲花座上，佛像面部表情生动，眉清目秀，微含笑意。远远望去，气势雄伟；近前瞻仰，衣纹清晰，威武高大。

西天寺是南北朝时期后赵皇帝石虎所建，初名为兴国寺，后改为广化寺，石虎尊崇天竺名僧佛图澄，依托齐国古都建起寺院。后几经兴废，北魏时期达到鼎盛，寺院南北跨度 1.5 公里，是当时国内寺庙建筑中规模较大、佛像数量较多、香火较盛的一座。宋代初年经过整修更名为广化寺，元代惠宗至正年间被毁，明初在广化寺旧址上重新建寺，更名为西天寺。

西天寺造像

西天寺建筑规模宏伟，有正殿九间，砖木结构，红砖绿瓦，飞檐斗拱。正面供高达丈余的铜铸释迦牟尼坐像，旁立佛家众菩萨塑像，两侧序十八罗汉塑像，前殿供弥勒佛像，两庑为执事房，另有僧舍院落多重。院内钟楼，悬一口高约两米的铁钟，钟楼旁有高两丈余的赑屃驮龙头碑两幢，记述该寺的兴建经过。大殿以东的院落内，有东西并列的圆形塔六座，俗称棒槌塔，为该寺既往主持名僧骨灰葬地。另在寺南约1500米处有塔群，矗立石塔六座。六塔东西排列，除两座较小外，余四座塔基径长丈余，高三丈有余，系纯石结构的八棱七级石塔，雕刻剔透玲珑，人物鸟兽惟妙惟肖。

如今的西天寺为清代重修，悬山式木质结构，寺内存有清康熙二年（1663）进士李道泰及子孙、住僧捐铸的铁钟一口；

有清雍正十年（1732）的牌匾和明景泰、天顺年间（1453—1464）贡生曾观生、曾乃生，清乾隆丁丑科进士曾西元，乾隆壬戌科进士曾重登以及曾清扬等的题刻木板楹联七对；还有西天净土历代祖师古檀木牌；清代雕塑的地藏王佛一尊和清光绪八年（1882）徐光栋捐献的铜香炉一个。

西天寺僧舍殿堂毁于抗日战争期间，碑塔造像则于"文革"时期遭破坏。20世纪60年代，西天寺造像也险遭灰窑焚烧，后经竭力保护，才免遭劫难。

12. 青城文昌阁
高阁晴霞留神韵

文昌阁为道教建筑，所祀文昌帝君又名"文曲星""文星"，是中国古代神话中主宰功名禄位的神灵，旧时多为知识分子所崇祀。

青城文昌阁又名魁星楼，位于高青县青城镇。关于此阁的来历，还有一段传奇故事。

相传清乾隆年间，青城出了个才子，名叫王文治，少时家贫，只好到齐东县外婆家读书。当时河南也有一个才子，曾说"这次状元就是我，只怕山东王文治"，并登门造访。王文治觉得自己还年轻，就让了他一马，没有去考，结果河南才子果然中了状元。待到王文治去赶考时，河南才子已经成了主考官，王文治也顺利地中了状元。

王文治中状元后，齐东、青城两县都想修文昌阁。于是，两地各修一座，遥遥相望。后来，黄河发大水，齐东文昌阁被淹没，只有青城文昌阁留存至今。另据《高青县志》记载，乾隆元年 (1736)，64名文武生员集资在青城十字街修筑"文台"；乾隆二十年（1755）建成文昌阁；道光二十一年（1841），青城知县张维垣捐资，并联合当地乡绅集资重修。

青城文昌阁是一座过街楼式建筑，跨建在古青城县城中心的十字大街上。基座为正方形，高2.1丈，边长3.25丈，用大青砖砌成。基座下部开有宽1.2丈、高1.6丈的十字形拱券门洞，衔接通向东西南北城门的四条大街。基座上是三层木构楼阁，第一层以圆柱支撑飞檐，二层为暗层，中间以砖砌四壁直达三层。每层四角攒顶，装饰斗拱，釉瓦覆顶，四脊有栩栩如生的石兽。檐下挂有铜铃，微风吹来，发出清脆悦耳的铃声。顶端

青城文昌阁

冠一木质铅灰色大圆宝顶。整个楼阁高约4.7丈,结构严密精巧,造型宏伟壮观。

文昌阁是古青城"八景"之一,谓之"高阁晴霞"。抬眼望去,高阁在云霞灿烂的苍穹下,更显得挺拔壮丽,气势不凡。风清日丽之时,登楼南眺,可见邹平境内的黄山和青龙山莽莽苍苍,北望可数浩瀚黄河中的离离船帆。

军阀混战时期,南军(韩复榘)重兵占据青城县城,北军(阎锡山)在黄河北以火炮轰击,有几发炮弹落在文昌阁上,幸未爆炸,故无伤损。居民因此以为神奇,更增加了对文昌帝君的崇敬。

1992年,青城文昌阁被确定为山东省重点文物保护单位,2013年被确定为全国重点文物保护单位。

(二)青史芳华

1. 石隐园

毕家园林藏稿传世

石隐园位于周村西铺毕府后方,为明末户部尚书毕自严所建,占地40亩。园中花木藤萝众多,修竹林立,松柏杂陈,前后蔽荫,亭亭如盖。园内景观雅善可喜,假山灵石错落有致,山前建有舣塘湖,又有泌水河穿园而过,一园之内,尽揽山水林泉之胜。当年毕家从江南花重金搜罗、购买了著名的十大灵石置于园内，灵石入园如高士归隐，毕自严遂将该园林命名为"石隐园"。

毕自严于明神宗二十年（1592）考中进士，出任松江府推官。天启初年，毕自严先后任右佥都御史、户部侍郎等，负责整饬海防，催督银饷。这一时期，魏忠贤把持朝政，毕自严上疏陈辞，言辞激烈，得罪魏党，后因不满魏忠贤卖掉南太仆寺牧马草场，愤而称病返籍。回到家乡后，毕自严深感官场黑暗，无意再出山，于是就在老家大兴土木，修建了石隐园，以做颐养天年之用。这期间，他写了《石隐园怀古》一诗，其中有"余隐誓效之，腐鼠安能嚇。不羡公与侯，何心仙与释"句，表明自己宁愿隐身民间，也不肯为功名利禄向奸佞低头。

崇祯元年（1628），魏忠贤被清除，朝廷召回毕自严，委任其为户部尚书，掌管全国财政。毕自严平生所长在于理财，在户部尚书任上殚精竭虑、兴利除弊，多有建树。崇祯前期的财政稍有好转，不能不说是毕自严呕心沥血的结果。崇祯二年（1629）冬，清兵包围京师，明廷集四十万兵马于京师四周，毕自严负责粮草军饷供应。他连续月余目不交睫，衣不解带，圆满完成后勤供应事务，为挫败清军围城立了大功。清兵退走后，毕自严累得头脸肿如斗大，口吐鲜血不止。崇祯帝非常感动，晋升他为太子太保。

然而，随着明王朝内忧外患日益加重，朝廷财政状况不可逆转地日益恶化。毕自严虽竭尽全力也难挽狂澜。即便在财源枯竭、入不敷出的情况下，毕自严精心协调、精打细算，仍然支撑明朝财政近十年，功在社稷。

毕自严是一位嗜书如命的藏书家，石隐园内建有宏大轩敞的藏书楼，名曰"万卷楼"，专门收藏他自己的著作及购得的珍贵藏书，最盛时达十余万册，与宁波"天一阁"齐名。在政务之暇，他又勤于著述，创作了《石隐园藏稿》《留计疏草》《督饷奏稿》等大量诗歌文章，尤其是他的奏疏，是研究晚明政治、经济的重要史料。在他的所有著述中，尤以《石隐园藏稿》影响最大，该书也被收入《四库全书》，流传后世。

毕自严去世后，石隐园由其次子毕际有重新修葺，成为鲁中地区文人雅聚之所。蒲松龄曾在此居住多年，并最终完成了《聊斋志异》的撰写、修改工作。一代文豪名成，石隐园功不可没。

2. 四世宫保
"华夏第一砖坊"

明永历九年（1655），桓台新城一王姓大户人家，三位少爷同去京城参加科考，二十二岁的王渔洋参加会试，哥哥王西樵参加殿试，王东亭参加廷试，"三王赴京"一时被传为佳话。科考之后，王渔洋步入仕途，一生为官四十五年，政声清明，人品高洁，诗文鸣响海内，在中国文学史上有诗坛宗匠的地位。

王渔洋的家族，是明清时期山东地区首屈一指的仕宦望族、文化世家。他的高祖父王重光，为明朝贵州布政司左参议，曾

祖父王之垣任万历
朝户部左侍郎，祖
父王象晋是浙江布
政使。王渔洋祖辈
和父辈中出任部、
郎、司、道等高官
者不乏其人，往往
是父子同朝，兄弟

四世宫保牌坊

并列，新城王氏因此被人们誉为"王半朝"。不仅如此，家
族历代科举仕宦，形成了新城王氏著述传家的家学传统。

"王半朝"家族的最高荣耀莫过于"四世宫保"牌坊，是
为表彰当时兵部尚书王象乾而建。王象乾是王渔洋的伯祖父，
即王渔洋祖父的哥哥。因其曾驻守山海关，保卫明王朝有功，
万历皇帝特许建成，并追封三代，包括其曾祖王麟（前颍川王
府教授），祖父王重光（前贵州参藩），父亲王之垣（前户部
左侍郎），为"光禄大夫、柱国、太子太保、兵部尚书"，因
此该坊称为"四世宫保"坊牌。

该坊为砖石结构，跨街而立。前后横幅石匾的两侧有浮
雕楹联，楹联上端注"玉音"二字，下端雕有莲花承托。楹
联四周和石匾上下雕刻着精致的飞禽走兽、山水花卉，其中
有浮雕、圆雕、透雕，皆精雕细刻，技艺精湛。外侧前后两
面围柱上雕有人物，二老二少，分别是王麟、王重光、王之垣、
王象乾，形象端庄大方，神采奕奕，栩栩如生。整个牌坊造
型别致，独具风格，集古代建筑、雕刻、书法艺术于一体，

被称为"华夏第一砖坊"。2013 年，列入第七批全国重点文物保护单位。

牌坊上"四世宫保"四个大字，字体端正，笔力遒劲，相传是明代大书法家董其昌书写。关于董其昌为砖坊题字一事，有个"一字值千金"的故事，至今流传。

王象乾被恩准建造"四世宫保"牌坊，深感荣幸，特意聘请当时的著名书法家董其昌题字，并馈赠三千两银子作酬谢。董其昌郑重地用楷书写下匾额"四世宫保"四个大字和前后楹联。当天傍晚，董其昌在王家花厅漫步，闻听王家子弟正在议论说：董其昌写楷字还不如洞庭（王象咸），三千两银子花得冤。董其昌非常气愤，翌日即告辞离开王家，绕道济南返回故里。

王家送走董其昌，打开题字一看，"四世宫保"中少了"宫"字，两副楹联也不见了。王象乾十分焦急，派叔弟王象春请董其昌补写"宫"字。董其昌的门生板着脸说："何不叫府上子侄补写一字呢？"王象春闻听话中有因，经再三请求，董的门生才讲明原委，将董其昌走时留下的"宫"拿出来，并额外索要一千两银子。正所谓"千金易得，一字难求"。

3. 范公祠

秋谷高风贤址在

博山范公祠坐落于荆山脚下，南与因园为邻，北隔青州古道与怡园相对，西有范河。乾隆版《博山县志》记载："秋谷在荆山麓，宋范文正公寄迹处。公父为淄青记室，客死，公少孤，育于长山朱氏，尝读书长白山醴泉寺。秋谷接迹长白，实为胜地，故往来于此。其上有祠。"

宋淳化元年（990），范仲淹两岁，父亲范墉在徐州去世，母亲谢氏带着他和他同父异母的哥哥范仲温回苏州吴县老家，范家收留了范仲温，却将范仲淹母子拒之门外。母亲只好带着他寄居庵堂，靠浆洗缝补度日。服丧期满后，谢氏经人介绍，携年幼的范仲淹改嫁就职苏州的淄州人朱文翰，范仲淹亦改名朱说（通"悦"）。朱文翰离任后，母子二人随其回到淄州生活。

因原配夫人初氏和子女在老家淄州长山（今淄博滨州两市交界处）生活，朱文翰并未将谢氏带回长山，而是借自己任淄青记室之便，将其安置在颜神秋口（今淄博市博山区秋谷社区）。范仲淹则被带到长山，与朱文翰的子女共同生活、学习。

范仲淹经常到秋口看望母亲。寒暑更替，范仲淹孤身沿孝妇河往返，穿梭于长山、秋口之间，直至离开山东。时人戏言"落霞与孤鹜齐飞，秋口到长山一百"，道尽其求学艰辛。

范仲淹去世后，博山先民于明初在荆山脚下为其建祠纪念，名为"范公祠"。

范公祠山门朝北，门上"范公祠"石匾出自明人之手。据有关文献记载，荆山之下旧有荆山寺，因年久失修，庙宇已毁。明初，士人在废址上为范仲淹立祠，祠下有一处泉水，被命名为范泉。范公祠为二进院落，依山势而建，是一组以范泉为中心的明代古建筑群。范公祠建筑面积不大，但因高下相间，随势安排，布局合理，错落有致，给人以古色古香、典雅端丽之感。

范泉为长方池，周围有石护栏，东西方向栏板上均刻有篆书"范泉"二字。水源丰富时，泉水自底涌出，甘冽清澈，累累若贯珠，忽大忽小，忽聚忽散，满池珠玑，晶莹夺目。泉西有悬山式石影壁石刻一座，正面镌有双钩阴刻擘窠草书"山高水长"四个大字，泼墨作书，笔走龙蛇，遒劲洒脱，苍古飘逸。明天启五年（1625），淄川名士张中发游览范公祠，有感于范仲淹之高风，遂顺手拿起池中茳草蘸墨，借先生歌咏严子陵"云山苍苍，江水泱泱，先生之风，山高水长"之语，挥笔写下"山高水长"。后来，张中发的弟弟张至发与本地有识之士将其复制在影壁之上，永久纪念。影壁落成至今已有三百七十余年历史，保存完好。

乾隆二十九年（1764），知县侯作吴在怡园东边建设书院，为纪念范仲淹，将书院命名为"范泉书院"。乾隆五十六年（1791），著名经学家、金石学家武亿就任博山知县，又在书院旧址新建，仍称之为"范泉书院"。此后一百五十余年时间里，数不尽的学子经范泉书院培育而最终成才，范泉书院为博山文化教育发展做出了巨大贡献。

4.因园

饴山谈龙尽风流

因园地处博山后乐桥南，比邻范公祠，为赵执信祖父赵双美于康熙二十四年（1685）始建。因园建成后，以其疏池构亭成为一方有名的游览胜地。赵双美去世后，赵执信父亲赵作肱又在原址增台榭，植卉木，每日在此聆音对弈，流连共醉，因园成了赵氏家族的休闲娱乐之所，也是他们接贤纳客之地。

雍正三年（1725），六十三岁的赵执信结束了漫游生活，返回故里，感到"居室之中，人事纷扰，非老病所宜"，便于次年夏天"葺因园而处，将终身焉"。但这时的因园已是屋宇倾颓，田园荒废，于是赵执信就在因园巨石之上，建成茅屋三间，名之磺庵，同时将已破败不堪的因园整修一新，整修后的因园"山水皆有自然趣，名花夹修竹，佳果藏清阴。池富锦鳞，林多啼鸟"。同时，又依因园地势，增设了虚舵堂、深约轩、绿净台、西笑亭、衔月室等诸多景致。此时的因园应是其最为鼎盛的时期，一批与赵执信"相规以善，相期以古昔"的文人雅士出入，举杯酬唱，举手投足间，在大清文坛荡起层层涟漪。

一次，赵执信与王士禛、洪昇三人在王士禛寓所以"龙"喻诗，分别发表各自见解，赵执信与王士禛之间分歧较大。此后多年间，赵执信因对王士禛"神韵说"感到不满，遂撰写《谈龙录》详述其诗歌主张。赵执信在该书中用较多篇幅驳斥了王士禛的诗学观点，后世学者对他写作《谈龙录》的目的也多有争论，"谈龙录风波"因此成为清代诗坛上较有影响的一段公案。

自退居因园至去世，是赵执信一生中相对平静的一段时期。其《题因园听泉榭》诗颇能描述这段时期的生活：

池光回映曲栏平，涧水遥穿洞户行。
竟日深林响寒雨，四时空谷送秋声。
主宾谈向铿訇息，鱼鸟心从寂历生。
忆访仙山阅亭馆，水精帘槛坐分明。

赵执信去世后，因园转手钱氏。历传六世后，亭堂台榭毁坏严重。民国初年更建范公祠时，在因园沿河故道上筑西屋五间。新中国成立后，因园仅存览秋台、磺庵，其他景观已颓圮无存。

20世纪90年代，博山区斥巨资重修因园，复修了磺庵作为赵执信纪念馆，同时新建了听泉榭、衔月亭、深约堂、长廊、摩崖石刻等。重修后的因园背依荆山，下临秋谷，山岩重叠，泉水绕屋，天然秀色与人工结构浑然一体，虽然面积不大，但是假山池塘、叠瀑溪流一应俱全，令人赏心悦目。

纪念馆前有一副对联，上联为"与昉思听曲竟被罢官曾自比伤弓断雁"，下联为"同贻上论诗独成妙解至今想抵掌谈龙"，对联不仅高度概括了赵执信的一生，也成为因园中最有分量的文化符号。

5. 古商城
百年商贸繁华今犹盛

清朝初年，刑部尚书李化熙辞官还乡，回到祖籍长山县（今周村）。那时的周村税如牛毛，许多客商不敢贸易，纷纷离开。李化熙上书朝廷，建议免除周村市税，让商人们安心做生意。顺治皇帝恩准，却只免了一天的市税。一日无税如何能保长期繁荣？于是李化熙刻了一块五尺石碑，立于市中，上书"今日无税"四个大字，一日无税变成了日日无税。从此，周村无税的佳誉风传遐迩，四方商人相约而至，周村成了商贾云集烟火鳞次的"旱码头"。今天，这方"今日无税"碑仍立于古商城大街北首，见证了周村成为第一个"保税区"的历史。

周村在明清时期发展成为中国北方的重要商埠。1904年胶济铁路建成通车，周村与济南、潍县被列为第一批开埠城市。周村古商城也叫大街，占地面积六十余公顷，主要由大街、丝市街、银子市街等古街组成，素有"旱码头""金周村""丝绸之乡""天下第一村"的美誉。现有保存完好的明清古建筑五万余平方米，古迹众多，街区纵横，店铺林立，而且至今仍在发挥其商业功能，被中国古建筑保护委员会专家誉为"中国活着的古商业建筑博物馆群"。

周村古商城不仅商业繁荣，饮食、文化、民俗等也别具特色，花灯、锣鼓、芯子、高跷等民间活动更是技高一筹，至今盛行。遥想当年，周村古商城聚集了来自全国各地的客商，钱

周村古商城

庄、绸缎庄、染坊等商铺将分号开到了全国各地。这里曾是中国商业的摇篮，聚集财富的同时，也留下了许多美丽的故事和传奇。

电视剧《大染坊》的故事就发生在这里，剧中的"陈六子"——陈寿亭就是土生土长的周村人。为了再现当年手工业印染场景，在古商城内的银子市街三十七号大院，按照东来升绸布庄的规模恢复了大染坊旧址。院内陈设古色古香，纵横交错的竹竿上悬挂着色彩斑斓的绸布，印染工具一应俱全。工棚里面，白发老妪从容地摇车纺线或者坐在织布机前掷梭，健壮的汉子在染缸里面染布。从纺线、织布到染色这一系统的流程，游客都可以动手参与。天气晴和的日子，在大染坊的院子里，看到明净的阳光照下来，高高的竹架上悬挂着染缸里染出的一幅幅大红、深绿、鹅黄和蓝底白花的印染布，明亮的色彩衬着沧桑古旧的青砖古墙，有一种奇异的视觉效果，仿佛穿越进入了一部老电影中。

周村商埠文化是齐文化的组成部分和重要延续。周村古商城是鲁商文化遗址的典型，也是古代经济文化遗存的代表。

6. 颜神古镇
一炉窑火传千年

宋朝时期，博山陶瓷生产进入全盛；金元时期，博山地区已成为鲁中陶瓷生产中心，方圆二十里范围内即有十余家大型窑场，尤其是博山山头一带，更是匠人云集，三步一窑，五步一铺，几乎家家户户都以陶瓷为业。这一时期，山头地区不仅开始烧制"雨点釉""茶叶末釉"陶瓷产品，其他陶瓷器物如碗、盘、杯、罐、枕、盏等各类日用品，也都造型朴实厚重、富有变化，充分展现了博山山头地区较高的陶瓷制作技艺。

从那时起，熊熊燃烧的窑火就伴随着窑工的吆喝和市井烟火，穿越千年，造就了瓷窑比街、作坊同邻的古窑村，还诞生了那时亚洲最大的陶瓷厂。

颜神古镇坐落在山头古窑村中。据史籍记载，明清时期，这里有圆窑一百七十余座，窑工数以千数，几乎家家户户都烧窑制陶，为人们日用生活提供了数不清的陶瓷制品。今天的古镇仍然保存着十三座古窑，这些古窑连同深邃厚重的青石巷、烧痕斑驳的匣钵墙，展现了历史的沧桑，也留下了岁

颜神古镇

107

月的烙印。

2018 年，颜神古镇项目启动，以古窑村为主体，对十三座古窑、老厂房和传统历史街区升级改造，重整修葺了方正的厂房、高耸的烟囱、长长的隧道窑，保护性开发让一座穿越千年的历史文化名村，成为集观光游览、休闲度假、商务会展、创意文化等旅游业态为一体的综合性旅游度假小镇。

让每一个历史场景与当代生活接轨，让当代审美与古代匠人智慧结合，是颜神古镇开发者的最高要求，他们尊重这块土地所有的过往，也尝试用现代的方式来表达敬意。在这样的理念加持下，他们又先后开发建设了度假酒店、民宿，地方特色民俗和美食街区，陶琉精品展示及交易市场，民间地方艺术品收藏博物馆群，全国大专艺术院校学生实习培训基地，陶琉文化为主题的少年儿童艺术教育研学基地，以及北方区域的艺术家聚集群落等众多附属设施，颜神古镇也因此成为鲁中地区参与度和体验感极高的旅游度假目的地。

如今，漫步在颜神古镇，仿佛穿行于一个融合传统与时尚的新时空，古窑址、明清建筑、民国建筑、近现代建筑以及时尚街区在这里巧妙融合。古镇中的胡同和民居，有些依旧保持着历史的沧桑容貌，远离城市喧嚣，悠然、曲折、含蓄。如果说改造过的古窑村光彩夺目，那么那些素朴精美的古街小巷，则让人沉浸在浓浓的人间烟火气中，品味岁月变迁的斑驳光影和独特韵味。

7. 黑铁山

战火中的青春之歌

黑铁山起义是山东抗日史上著名的武装起义之一，与胶东文登的天福山起义、鲁中泰安的徂徕山起义，并称山东抗战"三山"起义。

卢沟桥事变后，日本侵略军发动了全面侵华战争。中共山东省委遵照中央指示精神，结合山东实际，制定了分片、分区域发动抗日武装起义并组建抗日武装的方案，根据林一山的建议，选定长山县长山中学为起义据点。

当时，长山县所辖范围是现在的邹平市东部、周村区大部、张店区西部及淄博高新区卫固一带。长山中学坐落于长山县城东南角（今邹平县长山镇），校长马耀南积极宣传抗战，号召人民大众团结起来抗日救国。应马耀南之邀，中共山东省委派共产党员姚仲明以应聘教员的身份来到长山中学，推动组建抗日武装。

11 月初，中共山东省委派廖容标和赵明新来到长山中学，组成直属省委领导的长山中学党小组，姚仲明任组长，廖容标、赵明新为成员，组织发动抗日武装起义。

12 月 24 日，日军飞机轰炸长山县城。长山中学党小组与马耀南商定，学校停办，带领部分师生奔赴黑铁山，举行抗日武装起义。

黑铁山，地处长山县城以东三十公里，在长山、桓台、临淄、益都四县交界处，有山有河有深沟，地形复杂，适合打游击战。当地群众基础好，抗日热情高，早在1927年就建立了当时淄博地区党员力量最强的"中共铁山特别支部委员会"。

12月26日晚，在黑铁山西麓太平庄小学院内，聚集了长山中学六十余名师生及桓台二区、长山九区几十名抗日志士，百余名中华民族的优秀儿女庄严宣誓：抗日救国，卫我中华！同时宣布成立山东人民抗日救国军第五军，廖容标任司令员，姚仲明任政治委员，赵明新任政治部主任。

几天后，马耀南赶到太平庄与起义部队会合。起义指挥部成立山东人民抗日救国军临时行动委员会，推举马耀南为主任，姚仲明为副主任，廖容标、赵明新为成员。

山东人民抗日救国军第五军于1938年1月8日夜袭长山城，消灭汉奸维持会，夺取步枪十七支。1938年1月19日，在小清河陶塘口（今高青县境内）南北两岸伏击日军汽艇一艘，击毙日军十二人，引起侵华日军的巨大惊慌，鼓舞了周边抗日民众。

1938年2月4日，第五军转战到邹平白云山三官庙一带，遭日军四百余人追踪包围。经过一天激战，打退日军多次冲锋，坚守住阵地，击毙击伤敌军百余人，五军以牺牲七人的较小代价取得重大胜利。

1938年6月，第五军发展为六千余人的抗日劲旅。根据中共苏鲁豫皖边区省委决定，廖容标、姚仲明率五军两个团的兵力，编入八路军山东人民抗日游击第四支队，廖容标任四支队司令员。五军其余部队整编为八路军山东人民抗日游击第三支队，马耀南任司令员。1938年12月27日，编为八路军山东纵队第三支队。

抗日战争胜利后，黑铁山抗日武装起义部队投入到人民解放战争的洪流之中。几经征战南北，不断升级整编，至新中国成立前夕全军统一整编时，中国人民解放军第四十三军等几十万铁骑中，都流淌着黑铁山抗日武装起义的血液。

8. 马鞍山
"一门忠烈"气壮山河

曾选入小学课本的"狼牙山五壮士"的故事，可谓气壮山河、感天动地，而在山东淄博也有一个和"狼牙山五壮士"相似的英雄壮举，那就是抗战时期的马鞍山保卫战。

马鞍山，位于淄博市淄川区口头乡（今太河镇）境内，海拔618米，分东西两个峰顶，中间以狭长的山脊相连，因形似马鞍而得名。马鞍山山势峻峭，四周悬崖，只有山前一条石凿的132级石阶小道能通往峰顶。如此易守难攻的地势，历史上曾是南北交通咽喉，自古为兵家必争之地。

抗战时期，这里是沂蒙山抗日根据地通往渤海区、胶东区的交通要道，敌我双方在此展开了反复争夺。由于山势险要，易守难攻，马鞍山成为八路军的"小后方"，三十多名伤病员和一些群众陆续被安置在山上，其中就有负伤截肢后在山上休养的八路军山东纵队一旅二团原副团长王凤麟。

1942年10月，日伪军对根据地进行大扫荡。11月9日，日伪军集结一千多人进攻马鞍山，在孟良台、后峪岭等山上架起大炮，数架飞机配合轰炸南天门和顶峰，向山上发起猛攻。面对数十倍于己的敌人，在山上养伤的王凤麟带领八路军伤病员及家属三十余人英勇还击。

在王凤麟的指挥下，山上的伤病员、家属，无论小孩还是老人都行动起来，用手榴弹、石头和仅有的几支枪阻击敌人。战斗到傍晚，击退了日伪军多次进攻，敌人伤亡惨重。第二天，战斗更加残酷，为了攻下马鞍山，敌人调用三十多辆汽车，从博山、莱芜、张店等地运来日伪军一千余人和大量弹药，在飞机大炮的掩护下，一次次向山顶发动进攻。

在这场两天一夜的激战中，八路军将士凭借马鞍山天险和与敌血战到底的气概，用仅有的少量弹药和石块顽强拼搏，击毙敌师团参谋长一名及敌官兵一百余人。八路军伤病员、家属、王凤麟等二十七名同志，流尽最后一滴血，壮烈牺牲。入夜后，幸存的守山指战员、伤病员和家属英勇跳下悬崖，除了三人因树枝托挂幸免于难，其余全部壮烈殉国。

在这里特别值得一提的是"一门忠烈"的感人故事。在淄博市博物馆，有一块长197厘米、宽85厘米、木质黑底金字门匾，上首写着"烈士旭臣冯老先生暨子女媳孙殉国纪念"一行小字，在门匾中央刻着"一门忠烈"四个苍劲有力的金色大字。这块门匾是国家一级保护文物，1984年8月，由山东艺术学院原院长冯毅之捐赠。

冯毅之，1908年生，山东省青州市（原益都县）长秋村人。抗战全面爆发后，他毅然投笔从戎，并带动全家都参加了革命。其父冯旭臣1939年当选为益都县抗日民主政府参议长，其兄冯登奎1939年任八路军修械所所长，其妹冯文秀任长秋村、蓼河区妇救会会长，其弟冯登恺也随军战斗，冯毅之的妻子孙玉兰也是中共党员。

马鞍山保卫战中，冯旭臣、冯文秀、孙玉兰和三个未成年的孩子新年、平洋、芦桥正在山上。他们在炮火中抢救伤员、运送弹药和石块，并和战士们一起，击退了日军无数次进攻，最后终因弹尽援绝，寡不敌众，壮烈牺牲。受伤的冯文秀面对涌向山顶的日军，毅然跳崖自尽。冯毅之的大女儿新年被日军炮弹炸死。妻子孙玉兰和另外两个女儿拽绳下山，坠崖身亡。冯毅之一家六口英勇殉国。

马鞍山战斗整整持续了两天一夜，八路军在这场以寡敌众的战斗中，表现出了英勇不屈的崇高品德和不可征服的民族精神，谱写了一曲气壮山河的英雄篇章。

9. 618 电台

红色电波里的峥嵘岁月

位于淄博市沂源县鲁村镇峨峪岭山洞中的618电台，是华东地区规模最大、保存最完整的一处战备电台。尘封数十年，618电台终向世人揭开神秘面纱，如今络绎不绝的参观者来到这里，探寻历史遗迹，缅怀峥嵘岁月。

618电台，原为山东人民广播电台战备台，20世纪60年代为适应国防需要兴建。2006年4月21日，618电台对外开放，被列为淄博市国防教育基地。

备战备荒的年代早已远去。如今，618电台虽已不再承担战备任务，但其政治、军事、社会和历史价值却日益凸显出来，每天都有不少企事业单位组织党员来此参观。

历史的镜头往前推。20世纪60年代，新生的中华人民共和国正渴望和平发展环境。然而树欲静而风不止，国内局势尚未完全稳定，国际上，战争威胁依然存在。1964年，中央军委密电济南军区，为保证一旦发生战事党和人民的声音不中断，决定在华东地区秘密建设战备电台。接到命令后，时任济南军区司令员杨得志上将发现沂源县鲁村镇峨峪村北山中，位置隐蔽，岩石坚硬，遂决定在此建设战备电台，代号618。

由于保密需要，战备电台的施工建设完全由解放军工程兵完成。出于隐蔽和战时需要，战备电台选在花岗岩结构的山上施工，需要开挖山洞。从1966年5月开始，历时一年三个月，长度为245米的山洞一期东西走向工程顺利竣工，后来二期南北走向的工程是1972年至1974年完成的，总长109米。洞内有各种机械设施、人员生活设施，考虑到安全需要，进入洞口一拐弯，就有一道厚重的拱形门，是防冲击波的，突出了它的"三防"作用。所谓"三防"就是指对核武器、化学武器、生物武器的防护。

从1974年开始，618电台作为中继站，转播山东台的广播信号。深埋地下70米的掩体工程牢不可摧，据说为了坚固，不震裂山体，整个施工过程中没用炸药，是用人工硬凿出了400多米的T字形山洞，工程十分艰巨。

山洞里设施齐备，显示出当时设计的专业性和前瞻性。进入防空洞后，直播室、导播室、图书室、候播室、电台技术部、制作部等，均按照转播设备的技术要求建设。还有保存完好的20世纪60年代使用的防毒面具、电视机、收音机、录音机、录像机，以及最经典的电报机。

618电台，让我们记住，在那个备战备荒为人民的年代，无数年轻人坚韧不拔斗志昂扬，把青春热血和坚定信仰都倾洒在了激情燃烧的峥嵘岁月中。

（三）人间胜境

1. 博山溶洞
大自然的鬼斧神工

博山樵岭前村的寨峪顶山属于喀斯特地形，被誉为鬼斧神工的地下艺术宫殿——博山溶洞就位于此山的东侧山腰，因洞口转折向东，所以又称为"朝阳洞"。该洞景观在华北地区较为罕见，故又有"北国第一洞天"之美誉。

博山溶洞很早以前就被世人所知，但一直未进行开发。20世纪80年代，樵岭前村对包括博山溶洞在内的自然景观进行整体开发，博山溶洞由此为世人所知。

溶洞大体呈南北走向，深达1500余米，洞内曲折幽邃，结构十分奇特。洞一般宽10米左右，最宽处20余米，最窄处仅容一人侧身而行。洞内遍布石钟乳、石笋、石柱，犬牙交错，玲珑剔透，气象万千，令人惊叹叫绝。沿洞有四处大厅，每厅各容数百人，洞壁上石幔五彩缤纷，像一幅幅天然壁画。尤其是第四厅内，高达数十米的石幔洁白如玉，一泻而下，有银河落九天之叹。厅后有水一泓，清澈碧绿，名曰"仙女池"。池旁石笋密布，似琼花玉树，美艳不可方物。整个大厅素练、碧水、琼花、玉树相映成趣，使人流连忘返。

离溶洞尽头不远处，有一宽约半米、长约两米的洼地。洼地中有半池清水，十几朵鸡蛋般大的石花，花呈乳白色，层层铺展，酷似含苞欲放的白莲。更奇特的是，其中有几朵石莲由半尺长、细如丝的石线牵连，倒悬于水中，这一玲珑纤巧的奇景，显示出了大自然的神奇造化。

洞后三十多米高的悬崖中，有李家洞、连池洞等洞穴。据《博山县志》载，李家洞曾是明末抗清义军李东岱屯兵存粮处。据传曾存兵千人，至今洞内碾磨犹存。连池洞又称粉洞，幽雅清秀。洞口有崖宽广平滑，泉水从上流过，注入五个小池。

博山溶洞前有一石碑，上书"北国第一洞天"，为著名书法家费新我所题。1989年隆冬时节，樵岭前村派代表到苏州请费新我题写村名。费新我看了樵岭前风景区的画册资料后，感念中国北方有此旅游胜地颇为兴奋，随即铺纸挥毫书写了"樵岭前"和"朝阳洞"两个名字。趁他兴趣浓厚的时候，村代表又提出请他题写"北国第一洞"五个字，以备刻碑立在溶洞前，供游人观赏、拍照留念。费新我沉思了一会儿，询问了溶洞附近的情形后说："五个字后边还要加个'天'字，成为'北国第一洞天'，其义更好一些。"在座的人连连叫好，增加一字，更展现出深广的意境，符合旅游的需要，也彰显出费新我对博山建设的关心。费新我一气写了两张，把认为满意的一幅钤印后送给樵岭前村，由此也可看出他创作态度的认真和对博山的热忱情意。

半年以后，费新我看到樵岭前"北国第一洞天"的石碑照片，非常高兴，对博山人办事的踏实、迅速和认真更是赞不绝口。

2. 擎天岭

悬羊击鼓

擎天岭，位于原峨庄乡政府以东两公里处。此地西面毗邻博山，南面与沂源交界，东面翻过山就是临朐县，可谓"一鸡鸣四县"。岑山海拔不高，地形险要，历来为兵家必争之地。春秋时期，齐国的两位公子为争君位就曾在这里展开过殊死争斗，留下了"悬羊击鼓，饿马咆槽"的故事，因此擎天岭还有一个富有传奇的名字——悬羊山。

公元前 686 年，齐国发生内乱，在外避难的两位公子都想抢先回国继任齐国国君。他们分别从鲁、莒两国出发，日夜兼程直奔临淄而来。管仲替公子纠谋划，认为必须采取断然措施，半路伏击，杀死小白，才能确保万无一失。管仲抢先赶到了擎天岭附近，决定在此地伏击小白。此地是莒、鲁两国进出齐国的重要卡口，与西面的云明山形成了一个狭长的喇叭地形，是绝佳的伏击场所。公子小白的车队毫无防备，缓缓驶入了埋伏圈。管仲长弓硬弩一箭朝公子小白射去，眼见小白扑通一下从马上摔了下来，口吐鲜血，人事不省。这可吓坏了鲍叔牙等人，慌作一团，不知如何是好。

管仲觉得这一箭应该是射中了，但不确定小白是否中箭身亡。于是管仲采取了最保险的办法，守住咽喉要道，想困住对方。其实管仲的这一箭不偏不倚正好射在小白的带钩上，小白很机智，马上装作中箭的样子翻身落马，并咬破舌尖吐血不止，为的就是制造假象，迷惑管仲，防止他再补上一箭。如果那样，可就真的回天乏术了。

管仲带领十几个人守住路口，因为兵力不足不敢贸然进攻；鲍叔牙和小白不知道管仲有多少人，也不敢强行闯关夺路。两伙人就这样僵持在那里。焦急慌乱之际，探路的兵士带来消息：从半山腰往东南方向，有一条羊肠小道，可以通青州直至临淄。小白和鲍叔牙闻听大喜：真是天无绝人之路！事不宜迟，那就趁着夜色抄小路翻山而去。可管仲从后面追杀过来又该怎么办？必须想办法欺骗敌人拖住他们才行。小白突然发现一群山羊，顿时计上心来，下令兵卒捉来十几只，拴住山羊后腿吊在树上，每只羊前蹄下放置一面战鼓。山羊受了惊吓，前蹄乱蹬，把战鼓捣得震天响，就像士兵们正在擂鼓准备发起冲锋一样。小白觉得还不够，又命令士兵挖了一条深深的槽沟，将饿了一天的战马赶进去。饥饿的战马在壕沟里奔跑嘶鸣，尘土飞扬遮天蔽日，脖子上的铃铛叮当乱响，马铃声、战鼓声混杂成一片，做足了随时迎战的阵势。就这样，小白当晚翻过擎天岭，连夜赶赴临淄，被拥立为齐国的君主，史称齐桓公。

即位后的小白感念此山，遂将擎天岭改名为"悬羊山"。后在管仲的辅佐下，齐桓公因"九合诸侯一匡天下"而青史留名，擎天岭（岑山）"悬羊击鼓，饿马咆槽"的传奇故事也相沿至今。如今的悬羊山与对面的云明山，北面的潭溪山、齐山，以及附近的齐长城遗址，共同形成了山清水秀的淄川南部风景名胜区，吸引着大批游客前来观光旅游，成为著名的网红打卡地。

3. 马踏湖

湖光潋滟话"五贤"

马踏湖位于桓台北部小清河南岸，是省级风景名胜区和自然生态保护区，国家 AAA 级旅游景区。相传春秋时期齐桓公曾在这里会盟诸侯，聚兵列阵，千军万马硬生生将一块平地踏成了湖泊，因此得名"马踏湖"。马踏湖风景优美，物产丰富，素有"北国江南、鱼米之乡"的美誉，更因历史悠久的文物古迹——五贤祠而闻名。

马踏湖

五贤祠最初是为了纪念鲁仲连而修建。鲁仲连为战国末期齐国高士，其可贵之处在于"为人排患释难解纷乱"，且他功成不居，千金不取，高官不受，不为名利所动，表现出超人的高风亮节。公元前221年冬天，秦军逼近齐国国境。心情郁闷的鲁仲连与朋友一起泛舟少海（即今马踏湖），饮酒赋诗，纵论六国时政得失。听闻临淄已被秦军攻破、齐王建投降称臣的消息，鲁仲连悲愤交加，纵身跳入少海。顿时大风呼啸而起，雪花纷飞飘落，青丘之上突然立起一座冰山，长百步，高数仞，层峦叠嶂，巍峨壮观，恰如鲁仲连宁死不屈的高洁品性。

最早为鲁仲连建立祠堂应始于晋武帝太康元年（280），当时的名字是清凉寺。宋初元嘉六年（429）改建为无欲亭——从"无欲"二字来看，仍然是纪念鲁仲连的。明朝初年，无欲亭毁于战乱。明朝万历年间，有再次改建颜阖寺的记载，大概是在无欲亭基础上改建，也可能是在附近新建。颜阖因"晚食以当肉，安步以当车，无罪以当贵"闻名于世，"士贵王不贵"令齐王折服。颜阖和鲁仲连都是齐国人，同为稷下先生，又同样不畏权势，不慕虚荣，两人应该是惺惺相惜的。后人将二者一起供奉应在情理之中，据此推测，二贤祠应该是存在的。大约到了明朝末年，马踏湖一带出现了三贤祠，供奉对象增加了辕固生。辕固生是西汉时期的大儒，以他的人品、学识、地位以及影响力，理应与鲁仲连、颜阖一样受到当地人的供奉。

明朝末年，新城王氏王象艮出资重建三贤祠。祠内供奉的人物中间虽然还是鲁仲连，但左右两人却换成了诸葛亮和苏东坡。这样似有不妥，后来有人把颜斶、辕固生请回祠堂作为配祀，只立牌位，不立塑像。无论是主祀还是配祀，当时供奉的对象确定是五人无疑，三贤祠事实上已经开始供奉"五贤"了。

同治三年（1864），重修三贤祠，以年代排列塑像。鲁仲连居中，诸葛亮在左，苏东坡居右，颜斶、辕固生各有牌位配亭。

1985年，桓台县政府和村民在三贤祠旧址投资重修被毁坏的祠堂，并改为"五贤祠"。殿内五贤塑像一字排开，中为鲁仲连，左为苏东坡，右为诸葛亮，东、西分别为辕固生和颜斶。诸葛亮、苏东坡都曾到马踏湖游览观光，是一代文学家、政治家、军事家，治国安邦、造福黎民苍生。鲁仲连有胆识、仗正义，乐于扶危济困，为人排难解纷。颜斶不畏权势，不慕名利，是齐国高士。辕固生是"齐诗学"的开创者，为人公正廉直，为人们所敬仰。这就是"五贤祠"所推崇的五大贤人。

4. 夹谷台

拨开迷雾说会盟

夹谷台，又名祝其山，位于博山区西北部，海拔七百多米，分上中下三层。夹谷台的悬崖光滑处，有刻于清康熙十九年（1680）的"古夹谷"三个大字。主峰西不远处，有建于嘉庆年间的龙王庙，东有白龙泉，泉水从悬崖下石缝中流出，汩汩潺潺，长年不断。山顶平坦开阔，面积约三十余亩。早先，夹谷台山顶有石灰石砌成的山寨，现破损严重，只有两座石屋保存比较完好，内有石桌、石炕等，是清末防捻军所用。

夹谷台原属淄川，为古般阳二十四景之一，嘉靖《淄川县志·山川》记载：此处即"齐鲁会盟之处"。这里所说的齐鲁会盟，指的是公元前500年，齐景公约鲁定公在此商议两国事宜。当时，各诸侯国争霸，齐鲁两国也经常大动干戈，双方损失惨重。鲁定公任用孔子为大司寇，国势日益强盛。齐国惧怕鲁国的强大，齐景公采纳了大臣犁弥的建议，表示愿与鲁国修好。鲁国也有意讲和，便约定举行会盟，地点选择在齐鲁交界处——夹谷。孔子作为鲁定公的相礼出席了会盟。会盟时，齐景公的手下认为孔子是个文人，懂礼少勇，想用武力劫持鲁侯。不料孔子采取"文事武备，以防不虞"的战略，事先部署好军队，做到了有备无患，有效地化解了危机，事后还收回了昔日被齐国强行索去的"三田"（汶阳、郓城、龟阴）。从此，齐鲁两国以和为贵，结为友邦。

孔子以相礼身份参与夹谷会盟，展示了卓越的政治和外交才能。此外，会盟中还上演了一出精彩的"滑稽戏"，也很是耐人寻味。两国君臣见面，礼仪寒暄之后，自然少不了唇枪舌剑，为本国争取最大的利益。齐国仗着国力强盛，总想"从实力地位出发"，居高临下，盛气凌人。但毕竟是齐国侵占了鲁国的土地，鲁国占据道义上的优势，因此孔子底气十足，把齐国驳斥得体无完肤，非常狼狈。齐国在言辞交锋中没占到便宜，就令大夫犁弥组织了"侏儒"二十余人，穿上奇装异服，戴着面具，扮男装女，拥至鲁侯面前，口唱淫词，轻佻起舞。在孔子看来，这既是一种羞辱，也对鲁君构成了直接的人身威胁。于是孔子手握宝剑厉声呵斥，认为匹夫戏弄诸侯是死罪，必须处死！齐国的司马当然不肯杀自己人，于是孔子令鲁国的申句须、乐颀二将刀斩了戏耍队伍中的领头人。景公和大臣犁弥竟无言以对。

夹谷台为古代交通要路，加上风光秀丽，因而产生了许多历史传说。旧时说书人，拨弄着三弦，用喑哑的嗓音弹唱此地的风光和文史武事："亮马岭东老君堂，一片风景强又强。上边龙虎来相斗，下有水泉一池塘。夹山寨上有孟良，孟良洞、孟良泉，孟良泉长在石崖上。"听者无不动容神往。

《史记》《孔子家语》等古代典籍中都能找到夹谷会盟的记载，但是"夹谷"确切地址至今尚无定论。历史的谜团目前虽未解开，然而夹谷台的雄险奇峻却吸引着历代的文人墨客前来凭吊怀古，登临此山，抚今追昔，无不发出"于今凭眺处，芳草自萋萋"的感慨。穿越古今依然巍峨壮丽的夹谷台，以其卓尔不群的雄姿吸引着来自四面八方的游客。

5. 梓橦山

鬼谷仙境谈谋略

梓橦山，又名梓桐山，位于般阳古城淄川东北五公里处，自然环境十分优美，同时更是一座历史文化名山，是鬼谷子文化的发祥地。春秋末战国初期，纵横家的鼻祖鬼谷子曾在此聚徒讲学，培养造就的学生纵横捭阖、出将入相，多人成为杰出的军事家、外交家，极大地影响甚至左右了战国时代的脉络走向，在历史上留下了浓墨重彩的篇章。

鬼谷子，姓王名诩（又名王禅），在历史上是个极具神秘色彩的人物，长于修身养性，精于心理揣摩，深明刚柔之势，通晓纵横谋略之术。兵法家称之为圣人，纵横家拜其为始祖，谋略家尊其为谋圣，道教认其为王禅老祖，可谓千古奇人。鬼谷子长寿，且云游四方，因此很多地方都有这位"神仙"的活动痕迹和传说。齐国是春秋五霸之首、战国七雄之一，鬼谷子来齐国游历、著书、讲学、授徒当是顺理成章的事情。鬼谷子在梓橦山作窟三丈，潜心修炼，著《鬼谷子》3卷23篇，后人称之为"天书"。他的学生中苏秦与张仪合纵连横，搅动天下，另有孙膑与庞涓的斗智故事，更精彩动人。

相传孙庞二人慕名前来拜师学艺，来到梓橦山谷，对面就是鬼谷洞，想着马上就能见到名师，二人忍不住笑逐颜开兴奋不已。可山谷上的独木桥已经朽烂不堪，摇摇欲坠，桥下水流湍急，此时庞涓心里犯了嘀咕，不愿冒险丢掉性命，想转头离去。孙膑拜师心切，快步走了过去。孙膑刚过了桥，木桥应声而断，坠入深谷。孙膑磕头拜了师，这可急坏了那边的庞涓，忙跪倒在地，苦苦哀求先生也收他为徒。鬼谷子说，这危桥就是考验你们决心的，你无诚意还是请回吧，我只收一个徒弟。

孙膑天生心软仁厚，想想一路披星戴月历尽坎坷的不易，也跪下来为庞涓求情。念在孙膑的哀求和诚意，鬼谷子只好答应了，他长叹一声道：没有决心还是其次，关键是我观此人心术不正，今后必定会加害于你，你也会狠狠地报复他。唉，一切都是天意啊！十年之后，果如鬼谷子所料，庞涓因嫉妒孙膑的才能，设计陷害，挖掉了孙膑的膝盖骨。侥幸逃出魏国的孙膑官拜齐国军师，两败魏国，最后要了庞涓的命。

关于孙庞二人在梓橦山学艺，当地民间还有很多传说，故事生动有趣。比如"孙庞斗智"，最后斗出了一道美味——豆腐。话说二人跟着老师学艺，论聪慧乖巧，当然是庞涓，但说到刻苦专注，肯定是孙膑了。鬼谷子明显更喜欢默默用功的孙膑，这让庞涓很是嫉妒，总想歪点子找机会让孙膑出丑。庞涓偷偷地在孙膑给老师做的豆浆里放进了卤盐，因为卤盐又苦又咸，老师喝后肯定会责怪孙膑。可是热豆浆遇到卤盐，发生了奇妙的变化，结成小块，好像"腐败"了一样。孙膑最初以为是自己做瞎了饭食，倒掉又觉得可惜，于是尝了一口，结果发现味道比豆浆好得多。孙膑高兴地拿给老师，老师吃了也赞不绝口，就把这类似"腐败"的豆浆制品叫作"豆腐"，人们则把孙膑供奉为豆腐业的祖师爷。

6. 李家疃
活着的明清风格古村落

在淄博市西南方向毗邻济南的青龙山和豹山之间，有一个叫李家疃的村子。村庄有六百余年的历史，保存了很多明清古建筑，被列入"中国历史文化名村古村落"名录，这在北方乃至全国都不多见。

外地人来到李家疃，会想当然地认为村里人大多姓李，那就大错特错了。实际上这里的村民90%以上姓王，而且根本没有李姓家族。为什么会这样呢？

元末明初，因为战争、瘟疫等，山东一带人口锐减，千里无人烟，于是从明洪武年间开始了人口大迁移。直隶正定府（今河北枣强）的一户王姓人家迁到李家疃一带，借住在一个破旧的石屋子里。本地人口基本灭绝，只剩下一户李姓人家，王、李两家人就这样相互帮衬着艰难地讨生活。王姓人家带来的三个儿子（后人尊称为"三老"）勤勉能干，先后娶妻生子，开枝散叶，苗裔甚多，而李家则人丁不旺，后来逐渐断了香火。但王家人厚道，感念是李姓人家最早居住于此，因此村子一直沿用李家疃的名字。

到了明末清初，李家疃迎来了其高光时刻：王夙绅、王夙纶兄弟因外出经商而成为远近闻名的大富商，功成名就的二人回来大兴土木，兴建家园，从而为高门大宅的王家大庄园奠定了雏形。大概是在这种家族荣耀的引导下，王氏后人无论是从政做官还是经商致富，最终都会返回李家疃重修或者新建宅院，以表达不忘祖恩、光耀门楣之意。经过十几代人的努力，终于建成了外有城墙、内有楼房、外带三大花园的富丽堂皇的王家大庄园。

豹文门是整个村庄的第一道大门，廊檐古朴而庄重，由十六根立柱支撑着，两边仿古堡垒城墙昭示着庄园曾经屡受盗匪袭扰的历史沧桑。穿过街口牌坊，进入古村落，"九门一庄"和"八门一府"的建筑群非常考究，这里的一草一木都有说头，一砖一瓦都有故事。青砖灰瓦的古宅，巧夺天工的窗棂，栩栩如生的木雕彩绘，飞檐翘角上的奇兽石雕，一步一景，令人目不暇接。

　　青石板铺就的大街小巷，兜兜转转的宽窄胡同，到处可见兰花、香草、铜钱、飞禽走兽的装饰，墙体上斑驳密布的拴马桩，无不彰显着王氏家族曾经的显赫尊贵，昭示着一个家族耕读致仕、商海沉浮的历史，乃至柴米油盐的烟火日常。穿梭在宽阔的南北大街和曲折幽深的盐店胡同、酒店胡同之中，悠长的小巷、古老的大门、干枯的老井、倒塌的残垣呈现在眼前，仿佛翻开了一部线装古书，又好像推开了一扇厚重的历史大门，一脚跨进古代，跻身于人声鼎沸、车马喧天的明清闹市。

　　"望得见山，看得见水，记得住乡愁"，这是总书记对新时代乡村建设的殷切期望。保护古村落，唤醒修复"乡村记忆"已是刻不容缓。2010年，李家疃被住建部、国家文物局命名为"中国历史文化名（镇）村"，成为山东省唯一享此殊荣的村落，2014年又被国家文物局列入首批"全国重点文物保护单位和省级文物保护单位集中成片传统村落"。

7. 潭溪山
神泉仙洞美人峰

　　潭溪山，原名岑山，位于山东省中部，泰沂山脉交会之地，青州市与淄博市两市交会处，隶属于淄博市。可游览面积9平方公里，有自然景观100余处，最高峰海拔867米，是一处集风景览胜、休闲度假、餐饮娱乐、拓展训练为一体的综合性旅游度假区。

潭溪山

　　潭溪山是鲁中丘陵核心地貌景观代表，主要以断崖、飞瀑、清泉、溶洞、裂谷、奇石地貌为特征。在构造作用和自然侵蚀共同作用下形成的地质景观，具有很高的美学观赏价值。这里峡谷幽深，怪石林立，飞瀑清泉，洞穴奇特。潭溪山的地理位置和地形地貌，又使园内生长和保存着大批具有泰沂山脉特征的树种，这里因此也被称作山东野外植物标本库。

　　据《博山县志·方舆志·山脉》记载："岑山，镇志名潭溪山，在县东八十里，极高峻。中有昭阳洞，在万仞石壁中，出神泉。"潭溪山不仅山色秀美，还具有深厚的历史文化资源。关于潭溪山，汉刘向《列仙传·鹿皮公》有记载，大意是说有个名叫鹿皮公的，是淄川人，少年时曾经做官府小吏兼木工，善于制作各种器械。岑山上有神泉，一般人不能到达。鹿皮公征得府君同意，带领木工三十人，制作转轮悬阁，用数十天时间，建成梯道四段，攀上岑山之巅，在那里建造庙宇和住处，遂留在山顶，食用灵芝草，饮用神泉，得道成仙。

山中有昭阳洞，相传 1519 年，明昭阳太子朱厚熜，为避宫廷内乱，随舅舅来到潭溪山，于此天然山洞内修行读书，山洞因而名为"昭阳洞"。

1420 年，明王朝建立后第一场农民起义——唐赛儿起义在今滨州市爆发。因战事不利，唐赛儿曾辗转在此屯兵，留下了点将台、三教祠、古碑、古庙等历史遗迹。

位于旅游南线，由两块巨大石块连线两山悬崖形成的天然石桥，被称作"昭阳仙桥"，桥长六米，宽约一米，桥下深涧近百米，为古青州的"八景之一"。立于桥上，抬头仰望山顶，会看到有一桥与之对应，合称为"上下天桥"。

潭溪山美人峰，古称蜡烛台、天烛台，一座几丈高的石峰兀然挺立在山脊上，高矗、壮观而峻峭。在远处的山岭上眺望此处，蓝天为背景，群山作衬托，灰白的石峰更显风姿绰约。相传远古时，这里四周还是汪洋大海，山上住着一对恩爱夫妻，他们过着幸福的生活。一天，丈夫出海打鱼遇险，没能回来。从此，妻子站在山巅上，向着大海凝望，一天天过去，一年年过去，海上最终也未出现丈夫的归影，她也在这儿站成了一块深情的石头，这也是"美人峰"名字的由来。在美人峰的近旁，还有一座小石柱，其形与美女峰相似，它是传说中这对夫妻的孩子，所以人们将其与美人峰合称为"母子相望"。

8. 鲁山

界分齐鲁山水如画

鲁山位于鲁中山区北部，是泰山山脉的一个支脉，其地处博山区和沂源县之间，在春秋战国时期是齐国和鲁国的分界线。鲁山山势绵延起伏，面积覆盖百余公里，主峰海拔 1108.3 米，为山东省第四高山，因其主峰位于春秋时期鲁国境内，故称鲁山，为淄河、汶河、弥河、沂河发源地之一。据北魏郦道元《水经注》记载，古代的螳螂之水也是源出鲁山。

大约五十万年前，鲁山就已有人类栖居，20 世纪后半叶，考古专家在鲁山上崖洞进行局部发掘，曾采集到人类使用的石英片及动物骨骼化石等，经鉴定，属旧石器时代中晚期文化。1981 年，在鲁山下崖洞口南六十米的岩厦处发现了人类头盖骨及牙齿化石，权威部门和专家将其命名为"沂源猿人"，"沂源猿人"也被专家认定是山东人的祖先。

鲁山

鲁山在历史上是青州府的养马场，历经六百余年，又是新中国后第一批国有林场，生态环境得到了完整的保护，森林覆盖率90%以上。整个鲁山山体植被茂密，山上碧草如茵，佳木青秀，在博山与沂源之间形成了一道绿色屏障。丰富的山林资源，为当地人民靠山吃山、砍柴采药，提供了有利的条件。民国《续修博山县志》载："鲁山绝顶产美茶，味甲天下。石上生花可为药。"鲁山山顶种茶历史已有几百年，所产茶叶鲜美味醇，清香四溢；山中有全蝎、丹参、柴胡、黄芪、苦参等五十余种中药材，故好岐黄之术的医士，在春秋之季多往采摘。

鲁山不仅地理位置和自然环境优越，历史积淀亦十分深厚，据民国《续修博山县志》载，鲁山顶上曾有一座天仙圣母祠，山顶北面有一块巨石，远望像极骆驼，故名卧驼峰。卧驼峰下有一座驼禅寺，据寺内碑文记载，该寺始建于南北朝时期的梁武帝年间。寺由大雄宝殿、志公塔、志公庙三部分组成，距今已有一千四百余年的历史。

据本地传说，当年志公用毛驴将经卷从杭州驮到此处，一路上累死了十头毛驴，志公念毛驴驮经卷有功，将寺院起名为驼禅寺。另一种说法是，鲁山整个山脉呈龙形，寺院则恰好建在龙的脊背上，所以叫驼禅寺。驼禅寺砖石结构，黑瓦盖帽，门匾额题写"千年古刹"四个字。寺内嵌有两块石碣，分别刻有"嘉靖三十五年""大明国青州府益都县"等字样。志公塔为七层楼阁式砖塔，高十五米，也是梁武帝年间建造。

鲁山属暖温带大陆性湿润季风气候，自古就有"步入鲁山景色幽，六月炎夏顿成秋"的说法，没有酷夏的鲁山是人们避暑、疗养的好地方。鲁山山体高大，气势雄伟，奇峰秀岭云集，茂密的森林涵养了鲁山丰富的水源，尤其是夏季雨后，鲁山更是"山中一夜雨，到处皆飞泉"，景区内处处泉涌，沟沟流水，串联起观云峰、一线天、万石迷宫、云梯等诸多景点，令人流连忘返。

9. 大贤山

卧看牵牛织女星

牛郎织女的故事，可谓家喻户晓、妇孺皆知。

这一民间传说在不同地区有不同版本，沂源燕崖牛郎织女景区有著名的"织女洞"和"牛郎庙"，当地也广泛流传着牛郎织女的故事。

沂源县的织女洞又名织女仙阁，始建于唐朝，兴盛于宋元，

大贤山

依山凭势而建，为二层楼阁式建筑，内设织女等彩色塑像。牛郎庙于明万历七年（1579）建成，清嘉庆年间重修后初具规模。此庙为二进式院落，青砖黑瓦，彩绘斗拱。殿内有牛郎织女塑像，旁边卧着一尊金牛。

沂源当地的传说中，牛郎姓孙，叫守义，父母双亡，与哥哥守仁艰难度日。家里养了一头牛，由弟弟守义负责放养，因此人们都叫他"牛郎"。后来嫂子嫁进门，尖酸刻薄，常虐待守义，甚至为谋家产欲害死牛郎。谁知这老牛是天上的金牛星下凡，偷偷告诉了牛郎真相。牛郎便带着一堆破席篓子，牵着老牛离开家，在沂河边简单搭了个草棚住下来，与老牛相依为命。七仙女下凡沂河洗澡，老牛为牛郎出主意，偷走了七仙女的粉红彩衣，最后两人相亲相爱，男耕女织，还生了一双儿女。王母娘娘知道后勃然大怒，生生拆散了这对夫妻，只允许他们每年的七月初七才能团聚一次。到了这天，成千上万的喜鹊飞来搭桥，让织女与牛郎鹊桥相会。夜深人静之时，据说热恋中的青年男女在葡萄架下，还能偷听到牛郎织女的绵绵情话呢！

之所以说沂源县是牛郎织女传说的起源地之一，有以下几个原因。

《诗经·小雅·大东》中有"跂彼织女""睆彼牵牛"的记载。沂河流域在商周两代谓之"东土""大东"，为齐鲁两国交界地，而沂河的源头——沂源位于淄博市南部，是山东半岛的地理中心，恰恰就是"大东"的核心位置。

嘉庆二十年（1815），王羲之后人王松亭在此留下了两首诗《登织女台》，并刻碑为念。其中"仿佛星河垂碧落，依稀牛女降人间"句，非常形象地描写了因天成象、与地成行的意境。另一首诗里"泉溪声急晴疑雨，松波风寒夏亦秋"也表达了类似的含义。

这里的实地实景也可作为证明。牛郎织女在天成象，大贤山沂河与地成行，可以说这里是最能与神话传说相对应的文化遗存，诸如"织女洞""织女泉""牛郎官庄""牛郎庙"的存在，让人更有理由相信，牛郎织女的美好传说就发生在此地。

另外，还有坚实的民意基础。据专家考证，早在明朝万历年间，沂河对岸的牛郎官庄就建有牛郎庙。村民世世代代过着男耕女织的生活。他们信奉牛郎织女的故事，并认为自己就是牛郎的后人。

正是基于以上原因，2007 年沂源县举办了首届牛郎织女学术研讨会，中国民俗协会授予沂源中国民间传说之乡的称号。2008 年沂源县牛郎织女神话传说被列入第二批国家非物质文化遗产名录。

悠久的历史传说，缠绵的爱情故事，使得沂源牛郎织女景区成为青年男女的网红打卡地。每年的三月三或七夕节，游人蜂拥而至，徜徉于秀美的青山翠谷，感受珍贵的亲情爱情，共同在这里许下爱的承诺，留下一生难忘的浪漫回忆。

10. 牛记庵
在"天上村落"触摸星辰

牛记庵古村落位于淄博市淄川区昆仑镇西南大约十公里的

大山深谷中，有近四百年的历史。村庄位于大山深谷的半山腰上，因此也有"天上的村落"之称。村子周边群山环绕，登高望远，形似卧牛，给人以无限遐想。村外青山层峦叠嶂，村内树木郁郁葱葱，石头民居错落有致，极具地方特色，是不可多得的生态养生宝地。山谷的半腰上有一处小庵，称牛记庵，村子也因此得名。

在这个仙境一般的村落里，流传着一个美丽的传说，讲的是一个尼师和一座尼庵的故事。

清朝顺治年间，京城有一户牛姓人家，主人饱读诗书，颇通文墨，给一个朝廷重臣做幕僚，帮助整理诗文兼做家塾先生。牛家忠厚仁义，诗书继世，本本分分地过日子。可天有不测风云，这位大臣因陷入一场文字狱被治罪，全家发配边疆充军为奴。可怜的牛员外，作为权臣的"秘书"自然是脱不了干系，而且当了替罪羊，罪加一等满门抄斩。不过不幸中有万幸，牛家的小女儿因为到泰山烧香还愿，侥幸得以逃脱。

官家的缉拿告示贴得到处都是，牛家小女儿不敢待在人多的地方，一个人慌里慌张向泰山东北方向的深山里逃去。不知走了多少日子，牛家小女儿又累又饿，一头栽倒在地，昏了过去。昏睡中，她先是梦见了披枷戴锁正在被杀头的父亲，父亲叮嘱她一定要照顾好自己；后又梦见一头神牛飞落谷中，神牛落地之处涌出一股清泉，泉边长满绿草野花。神牛对她点了点头，哞哞叫了两声便飞升而去。

姑娘猛然醒来，方知是南柯一梦。环顾四周，惊奇地发现身边竟然有一汪泉水，石壁上有一块酷似牛心的巨石，崖壁下还有一座破败的荒庙。牛姑娘心想，这一定是神灵庇护，给自己留了一条活路。父亲已死，家庭已败，自己还在缉拿之列，要想活下去只有一个办法，那就是削发为尼隐姓埋名，从此与青灯古卷为伴了此残生。于是她将这处破庙略加整理，住了下来，并取名为"牛记庵"，心无旁骛，一心向佛。

暮鼓晨钟，经声佛语，时间一长竟然吸引了不少本地村民前来进香朝拜，香火日渐兴盛起来。四方百姓陆续迁居到山谷居住，日复一日，年复一年，逐渐形成了一个小村落。这就是牛记庵以及附近村落的由来。

仙境一般的牛记庵吸引了大批游客前来度假休闲。一个尼师，一座庵院，一个传说，激活了一条山谷和一个村落。这绿水青山又养活了多少农家人，实现了多少"牛人"后代乡村振兴的梦想！

11. 红叶柿岩

层林尽染万山红遍

红叶柿岩位于博山区和尚房村，地处原始古老峡谷之中，群山怀抱，具有独特的原生态乡村气息。其建筑为清代所建，青石砌房，红瓦覆顶，保存完好。每年秋季时节，万亩原生红叶林竞相争艳，如红霞一般尽染漫山层林，吸引着大批游人前来观赏。

红叶柿岩古时称为鹿岑，四面环山，群峰夹峙，沟壑相连，更有柿林千树，高下扶疏，山泉水响，林木幽深，为不可多得的避暑胜地。

清朝初年，本地人孙禹年为躲兵乱，选择在此筑石楼避居。石楼地势较高，"自下望之，栏杆户牖，悉在云中矣"。因该地清静，又加上孙禹年比较好客，这里也就成为附近文人墨客雅集之地。

坊间相传，有一年深秋时节，孙禹年与孙廷铨等人悠游山林，见满山柿林，红果累累，金叶掩映，深谷生辉，孙禹年就对孙廷铨说："鹿岑柿树众多，高山上下参差，与其称之'鹿岑'，倒不如叫'柿岩'为妙。"孙廷铨连连称赞，并赋诗《柿岩赠禹年》一首，其中有"嘒嘒初蝉静处分，石门小筑掩斜曛。山从屋上岚烟合，水抱村流涧响闻"句，诗中"石门小筑"就是孙禹年的石楼宅院，而后两句则将柿岩景色刻画得入木三分，

红叶柿岩

此后，"柿岩"便代替"鹿岑"之名，开始流行于世。

那时的柿岩东边多红杏，西边多海棠，春秋临望，烂若云霞，又加上树木众多，即使盛夏时节，也是谡谡生凉，成为人们避暑纳凉的好去处。

蒲松龄与孙禹年私交甚好，也时常到柿岩拜谒孙禹年，虽未有诗作留世，却在传世之作《聊斋志异》中将孙禹年定为《山市》《鸽异》两篇的主角。他的好友张笃庆在游历柿岩后，留下了"树荫孤岩留夏雪，人从众壑辨晴阴"的感慨。

柿岩不仅自然景观奇特，人文底蕴也十分厚重。民国初年，该村的教书先生孙干应征到法国，成为一战期间十四万华工中的一员。作为华工中为数不多的文化人，孙干在战争间隙写了《欧战华工笔记》《世界大战战场见闻记》两本日记，用八万余字记录了一战期间赴欧华工的生产生活、战场见闻、教育状况等。这些文字直到 20 世纪 80 年代末才为世人所知，成为研究一战和华工历史的珍贵资料。

2020 年 10 月，柿岩在经过重新包装后，以"红叶柿岩"面世，利用长城、琉璃、红叶、山水、古村五大资源优势，打造了七彩玻璃栈道、齐长城文化长廊、中国国家地理营地等二十四个项目和产品，这其中，又尤以每年秋天层林尽染的红叶为世人瞩目，红叶柿岩也因此成为鲁中地区著名的旅游景点。

12. 安澜湾

万里黄河新地标

　　黄河一路百转千回,波涛汹涌,进入下游,自洛阳经郑州、济南涌入淄博市高青县西界黑里寨镇禹王口突然北转,至木李镇白龙湾又东转形成近90度夹角,向东南来到刘春家引黄闸,然后调整流向,向东流入渤海,形成一个阿拉伯数字"7"字形弯道。河水进入这个弯道,惊涛骇浪逐渐平复,像一个性格暴烈的勇士,骤然变得娴静平和。这就是九曲黄河的第九道湾——安澜湾。20世纪70年代末,高青县政府在刘春家险工段建"安澜神牛"用以镇水,正式确立了"安澜湾"之名。

　　在定名为"安澜湾"之前,这片黄河弯道民间俗称"蝎子湾"。黄河在高青境内屡次决口,最大的一次发生在清光绪二十一年(1895)夏,由于连降暴雨,洪水猛涨,河水在马扎子决口。清光绪二十五年(1899)冬,黄河在桑行赵发生凌汛,巨冰冲破堤岸造成决口。历次决口境内死人无计,财产遭受巨大损失,地被沙压,沃野变瘠壤。当地民谚有"蝎子湾,船家的鬼门关""开了蝎子湾,高苑、博兴不见个砖""开了蝎子湾,淹到

安澜湾

东海边"的说法。

蝎子湾这段堤防的重要性，由两座建筑物可以看出。

一是1895年建造的赤龙殿（后改名为大王庙）。殿中供奉的是刘占雄、司金龙、张竹燮，他们是在历次黄河抢险中以身殉职的三位官员。

二是赤龙殿附近建有接官厅，专门接待乘官船下来巡视的钦差。老百姓常说："不懂河务，当不了县长。"赤龙殿所祭祀的官员给人的警示是：黄河开了口子，县长先跳河，不然拿头来见。1894年伏汛，蝎子湾附近出现险情，黄河大堤被洪水撕开宽深各半米的一道口子。参加抢险的人们纷纷逃命，报警大炮的火芯子都快点燃了。见此情景，县长张竹燮一屁股坐到口子里，命令百姓往他身上埋土。县大老爷惊天地泣鬼神的壮举，深深地打动了百姓，一场与黄河大堤共存亡、与黄河洪水殊死抗争的战斗旋即展开，人们很快就将决口堵住，化险为夷。第二年，清廷在这里建起了赤龙殿，以表彰张竹燮等人的功绩。

由于黄河水含沙量大，河床逐年淤高，至20世纪80年代，河床高出地面三米左右。一到汛期，黄河水位猛涨，直接威胁两岸人民生命财产安全。自清末开始，政府修筑官堤，汛期一到，政府即组织民工防汛。自1946年"人民治黄"七十余年来，高青县先后组织开展了三次大规模的修堤，来自全县的民工车推、肩抬，运土筑堤，辖区百里长堤，历经1976年、1996年、2021年三次大洪水侵袭而岿然不动。一代代治黄人兴利除弊，实现了真正意义上的黄河安澜。

三

人文荟萃　礼乐之邦

淄博文化底蕴深厚，是世界足球发源地，中国陶瓷之都，也是鲁菜发源地之一。非物质文化遗产资源丰富，现有国家级非遗14项，省级非遗73项，市级非遗387项。这些非遗项目，不仅反映了淄博的文化底蕴和城市特色，更是在传统与现代的交融中，传承和推动了中华文化的繁荣。淄博非遗，尤以表演艺术、陶琉制造、饮食文化、民间传说最具代表性，其中闻名遐迩的要数周村烧饼和淄博青瓷。周村烧饼制作技艺独特，口感酥脆，吸引了无数食客。淄博青瓷，则是淄博传统工艺的瑰宝，青瓷以其素雅的色泽、简洁的造型，被誉为"瓷中之王"。淄博人讲"诚信"，重"匠心"，这也造就了淄博老字号众多。周村烧饼、王村醋、黄河龙、扳倒井、石蛤蟆、聚乐村、青梅居、景德东等，可谓家喻户晓。老字号承载了淄博人勤劳质朴的精神品质，不仅体现了淄博人民对中华优秀传统文化的热爱和尊重，更是他们对城市历史文化的守护、继承和发扬。这些老字号以其独特的魅力和影响力，深深地烙印在淄博这座城市的心脏，成为淄博与外界交流的桥梁，不仅推动了城市文化传播，也为淄博带来了繁荣和发展。

（一）人文艺术

1. 蹴鞠

世界足球起源

说起大众喜爱的足球运动，很多人可能不知道，足球起源于中国古代的蹴鞠。

2004 年 7 月 15 日，亚足联秘书长维拉潘代表国际足联和亚足联，在北京举行的第三届中国国际足球博览会开幕式后召开的足球起源新闻发布会上正式宣布：中国临淄是古代足球的起源地。2005 年 5 月 20 日，在瑞士苏黎世举行的国际足联百年庆典闭幕式上，国际足联主席布拉特先生为足球起源地临淄颁发了"足球起源地证书"。

蹴鞠流传了两千三百多年，起源于春秋战国时期的齐国故都临淄。《战国策·齐策》中记载了齐国首都临淄人的生活："临淄之中七万户……甚富而实，其民无不吹竽、鼓瑟、击筑、弹琴、斗鸡、走犬、六博、蹋鞠者。"这说明，在战国时期的齐国都城临淄，蹴鞠已发展成一种在民间广为盛行的娱乐方式。

到了两汉三国时期，蹴鞠增加了在鼓乐伴奏下进行脚、膝、肩、头等部位控球技能的表演，大大增加了蹴鞠的观赏性，汉画石像上就有蹴鞠表演，当时称之为"蹴鞠舞"。

蹴鞠（皇甫晓文摄）

如果说汉代是蹴鞠文化发展的一个高峰，那么唐宋则是蹴鞠文化发展的第二个高峰。蹴鞠最初使用的是塞满毛发的实心球，唐代以后出现了充气球。

蹴鞠文化在汉代就被引入军队中，作为士兵训练的一种手段。刘向《别录》中说："蹴鞠，兵势也。所以练武士，知有才也，皆因嬉戏而讲练之。"蹴鞠除象征"兵势"、有训练武士的作用外，也用于丰富军中生活，使战士保持良好的体力和情绪。

到了唐代，蹴鞠至少有五种踢法，汉代的六个球门已被取代，出现了真正的球门。球门有双门和单门之分，双门就是球队两边各设一个球门，向对方进攻；单门就是设在球场中间，双方往一个球门里踢，最后进球多的队获胜。其中双球门的踢法与现代足球形式已经十分接近。

唐朝时，上至王宫贵族，下至平民百姓，都喜爱蹴鞠。唐敬宗李湛就非常喜欢蹴鞠，被戏称主业是踢足球，副业是当皇帝。他一直严格要求自己每天练球，甚至是挑灯夜战。

宋代是蹴鞠运动的巅峰，北宋画家苏汉臣曾作《宋太祖蹴鞠图》画，描绘赵匡胤与周围亲信玩耍的场景。蹴鞠的流行造就了一批"球星"，最为出名的就是高俅，高俅凭借自己精湛的球技换取了宋徽宗的喜爱，甚至每天都陪宋徽宗踢球。

古代的蹴鞠，在南宋灭亡之后就被蒙古人废除了，后来明清两代更看重的是骑射和马上运动，蹴鞠这项运动便逐渐消失了。

好在蹴鞠传到了欧洲，被欧洲人逐渐发展成了现在的足球运动，并且成为全球第一大运动，在世界掀起了一阵阵足球狂潮。

2. 韶乐

孔子三月不知肉味

临淄区齐都镇有个村子叫作韶院村，村东有一处古色古香的小院落，院内立有"孔子闻韶处"碑。相传，当年孔子周游列国来到齐国临淄，曾经在这里欣赏并研习韶乐。

公元前517年初秋，鲁国发生内乱。孔子当年三十五岁，正值人生黄金年龄，本该大有作为的他却被迫流落到齐都临淄，做了齐国上卿高昭子的家臣。孔子曾有幸进入齐国宫廷，观赏到了大型乐舞——齐《韶》。《韶》乐所表现的民为邦本、以德治国、轻税薄赋等思想，与孔子一贯倡导的仁政理念非常契合，因此孔子对《韶》乐十分喜爱。后来他曾同齐国的宫廷乐队进一步探讨《韶》乐的精髓。孔子沉迷于《韶》乐不能自拔，歌之舞之，如醉如痴，接连三个月食不甘味，就连吃肉都不觉得香了，这就是"三月不知肉味"的典故。孔子还对比西周的《武》乐，夸赞齐《韶》更胜一筹，达到了艺术性和思想性的高度统一，可谓"尽美矣，又尽善也"，这就是"尽善尽美"成语的由来。

到底是什么样的音乐，把孔子给迷成这样呢？

"韶"字同"绍"，意思是"继承"。乐舞最初的内容是反映大舜继承祖先黄帝、唐尧的美德，施行仁政，惠及人民。齐《韶》源于舜《韶》，脱胎于周《韶》，经过改良成为周代齐国宫廷雅乐的代表作。它不只是单纯的乐器演奏，还是一场大型的宫廷乐舞剧。

齐《韶》共分九个乐章：第一乐章为器乐合奏，以壮丽恢宏的乐曲，描绘出一幅国家生机盎然的宏伟画卷。接下来七个乐章是歌、乐、舞交织，刚柔相间，动人心弦，依次呈现，歌颂了君爱民、民拥君、一派海晏河清的景象。最后一章是《凤凰来仪》，在欢快的乐曲声中，众鸟聚集，翩翩起舞，欢乐祥和。此时，一对美丽的凤凰从天而降，众鸟围着凤凰纵情高歌，将整个乐舞推向高潮。这时，一声枳敔击响，帷幕徐徐降落，整场演出结束。

《韶》乐的演奏乐器大致可分为三组，共计十九种乐器。其中打击乐器组有编钟、编磬、编镈、镛、建鼓、鼗、枳、敔、

146

搏拊等九种；吹奏乐器组有排箫、管、笙、竽、篪、籥、埙等七种；弹弦乐器组有琴、瑟、筑三种。据考证，齐《韶》乐队总计四组，演奏人员三十五名。齐《韶》舞队人数约为四十八人，为六行八列。由此看来，齐国还是遵守礼制的，没有僭越周天子的八行八列。

齐国灭亡后，齐《韶》进入秦朝宫廷，历两汉、曹魏、两晋、南北朝，一直是宫廷内的重要雅乐。后来，唐、宋的"十二和""十二安"，元、明的《大成乐》，清代的《中和韶乐》等祭孔乐舞，都保存了大量的齐《韶》成分。

淄博非常重视齐《韶》的发掘整理工作，早在1998年便举行了《韶》乐学术研讨会。2003年临淄区齐国历史博物馆建成了国内近代第一座《韶》乐厅，首次对外演出。2004年9月16日，在首届齐文化节开幕式上，淄博市歌剧舞剧院演出了根据齐《韶》改编的大型舞乐诗——《齐韶乐舞》，取得了成功。

3. 五音戏

霓裳绰约梨园香

五音戏是山东的地方戏曲剧种，已有二百多年的发展历史，流传于济南、淄博、滨州、潍坊等地。

五音戏原名"肘鼓子"，地方特色浓郁，以唱腔优美动听、语言生动风趣、表演朴实细腻而著称。由于所流传地域的不同，肘鼓子大致划分为东、西、北三路。后来，东路和北路肘鼓子

五音戏《云翠仙》（皇甫晓文摄）

渐趋衰微，只有西路肘鼓子被传承下来。五音戏的发生、发展、定型，大致经历了三个阶段。

秧歌腔时期：相传，章丘、历城一带，逢农闲、节庆之际，农民便自发地组织起来，用边舞边唱的秧歌形式，或庆丰收，或祝颂太平，自娱自乐。这期间，有许多文化人加入，或填词，或编故事。清朝中后期，有个叫车丹的退隐官员，编写出《拐磨子》一剧。此剧通盘使用秧歌腔中的逗歌曲牌，即上下两句演唱到底，其表演也是模拟劳动中的动作。这种保留着秧歌痕迹的剧目，在五音戏中还有不少。

肘鼓子时期：经历了一个漫长的发展过程后，肘鼓子的剧目逐渐丰富起来，有些不堪失去土地及天灾人祸重压的农民，把肘鼓子作为谋生的一种手段，著名老艺人邓洪山（艺名鲜樱桃）就是这个时期成长起来的著名艺术家。随着肘鼓子的发展，民间逐渐出现了许多一二人打锣鼓、三四人表演的小戏班，他们往往是一家四五口人或一伙四五人的演出帮伙，当地老百姓习惯上把他们叫作五人班。20世纪初，五人班开始进入济南市区演出。最初多是在简易的席棚内演，后来又进入茶馆内演出。1917年，邓洪山随父亲邓九星到济南市区演出，邓洪山唱做俱佳，名传四方，济南等地几乎无人不知鲜樱桃这个名字。这一时期，受皮黄、梆子、落子、曲艺的影响，肘鼓子剧目逐渐向中型、大型戏发展，这也是五音戏发展最迅速的时期。

五音戏时期：1925年，山东军阀张宗昌为其母祝寿时，从北京邀来了京剧名角梅兰芳和余叔岩，山东省只邀请了鲜樱桃小戏班，他们在珍珠泉院内的戏楼子上同台演出。梅兰芳看过鲜樱桃的《王小赶脚》后，大为赞赏，两人从此结为好友，经常往来。这个时期邓洪山与京剧名家程砚秋、荀慧生、尚小云也成为好友。1935年秋，邓洪山到上海英国人开办的百代唱片公司灌制了七个戏共计六张唱片，从此这个剧种很快传播到全国各地，观众也越来越多，一时间从济南到淄博、潍坊一带的广大农村地区，相继涌现出一批五人班演出队伍。而红极一时的邓洪山五人班一直没有个正规名称，邓洪山便借用百代唱片公司赠送的写有"五音泰斗"四个大字的锦旗上的前两个字，改五人班为五音戏，这个名称便沿袭至今。

新中国成立后，以邓洪山、明鸿钧、张方玉为首的三个戏班，相聚淄博，1949年在周村成立了五音剧社。1954年邓洪山率领一个演出队，到上海市参加华东地区戏剧观摩演出，他本人被评为表演一等奖，并获金质奖章一枚。

五音戏多以家庭伦理道德和女性生活状态为主题，极易引起女性观众的共鸣，因此五音戏有"拴老婆橛子"之称，代表性传统剧目有《亲家婆顶嘴》《拐磨子》《王小赶脚》等。

2006年，五音戏列入第一批国家级非物质文化遗产名录。

4. 聊斋俚曲

明清俗曲"活化石"

聊斋俚曲是清初文学家蒲松龄除小说之外的另一重要贡献，他编撰整理自己家乡淄川方言俗语的歌曲，借鉴当时民间流行的民俗小调，创作出民众喜闻乐见的说唱艺术形式。2006年，聊斋俚曲入选首批国家级非物质文化遗产名录。

俚曲又称俗曲，是明清以来流行于城乡百姓阶层、社会影

聊斋俚曲《求骂》

响深广的民间歌曲的泛称。在蒲松龄故居所在的淄博市淄川区一带，尤为盛行。

蒲松龄自小深受这种民间曲调的熏陶，他不仅会唱，兴致来了还经常自撰新词。今天人们能够演唱的聊斋俚曲共有十五种：《墙头记》《姑妇曲》《慈悲曲》《翻魇殃》《寒森曲》《琴瑟乐》《蓬莱宴》《俊夜叉》《穷汉词》《丑俊巴》《快曲》《禳妒咒》《富贵神仙曲》《磨难曲》《增补幸云曲》。

蒲松龄在毕府坐馆时，利用当时流行的民间曲牌和方言土语，写了大量通俗易懂的戏曲作品和俚曲。由于白天要教书，夜深人静、更鼓过后，才是创作的最佳时间。俚曲是说唱艺术，每一段词成，蒲公都会以掌击桌作板，一板一眼地哼唱，情不自禁处，竟脚踏楼板放声高歌，楼板因此而砰砰作响。院中的大黄狗闻声一路跑来，狂吠不止，蒲公惊醒，为之敛声，黄狗返回。不一会儿，蒲公歌声再起，于是又引得犬声大作，往返如是，直累得大黄狗精疲力尽。这就是蒲松龄"脚踏楼板累死狗"的故事。

蒲松龄创作的这些俚曲，不像戏剧作品按场次、分折子，而是采取标题类的章回形式。开头一般多用开场、说楔子、讲梗概等方法，逐渐引入正题。每回或每段大都有说有唱，说有独白、对白、旁白、数白，唱有独唱、对唱、分唱，间或有帮腔等曲艺表现手法。聊斋俚曲所用的曲牌有耍孩儿、银纽丝、叠断桥、呀呀油、劈破玉、跌落金钱、倒板浆、房四娘、皂罗袍、黄莺儿等五十个。

聊斋俚曲之所以没有像《聊斋志异》一样得到更多学者关

注，与其中运用了大量的淄川方言外人难以理解有很大关系。但也正因为这样，俚曲保留了当初的原汁原味，历经三百余年而没有多少变化，因而也被称为"明清俗曲的活化石"。

蒲松龄创作聊斋俚曲，并不单纯只是为了娱乐，他的目的是想通过这种最易为人接受的方式，起到"劝世醒世"的作用。

聊斋俚曲的内容指向多为讽喻世情、扬善惩恶，所表现的主要是活生生的社会现实。如《墙头记》是描写父子关系的，《姑妇曲》描写婆媳关系，《慈悲曲》写母子关系，《翻魇殃》写邻里关系，《禳妒咒》既有婆媳关系也有夫妻关系，更是对"悍妇"形象的暴露，《俊夜叉》则描写了"悍妇"在特殊情况下的积极作用。而最让人惊讶的，是蒲松龄在《磨难曲》中对于官逼民反的社会现象的肯定与歌颂，这反映了他晚年思想发生的变化，标志着他所创作的聊斋俚曲已经达到并超出《聊斋志异》的思想高度。

蒲松龄的第十二代世孙蒲先明，早在读私塾的时候就抄录过部分聊斋俚曲。经过多年积累和研究，蒲先明在1999年整理出版了八十万字的《聊斋俚曲集》，并对方言全部加了注释。这对聊斋俚曲的流传和推广起到了重要的推动作用。

为了进一步扩大聊斋俚曲的影响，有关部门还在蒲松龄故居景点，指派专人排演聊斋俚曲情景剧，不仅推陈出新，还在内容和形式上对聊斋俚曲进行改革，让广大游客参与到聊斋俚曲的演出和传唱中来，收到了很好的效果。

经过各方面的努力，聊斋俚曲这一曾经面临失传的古老艺术再次焕发生机。

5. 鹧鸪戏

鹧鸪声腔醉八仙

在淄博市临淄区朱台镇有个村子，世代流传着一个古老的戏种——鹧鸪戏。这个村子是上河村，鹧鸪戏在这里已有三百五十多年的传唱历史。

据传清乾隆年间，青岛崂山云海庵的一个尼姑，从鹧鸪鸟的鸣叫中悟出了一种声腔，编成曲调用来抒发自己的情感，后逐渐演变成为鹧鸪调。

为了将这个曲调传承下来，尼姑远走他乡，来到现在的上河村住了下来，每天在槐树下传授此戏。村民听了以后觉得非常美妙，都学鹧鸪调，这就是鹧鸪戏的开端。

鹧鸪戏的服装、化妆、表演形式与京剧基本相同，不同的

鹧鸪戏清代戏服

153

是唱腔和伴奏乐器。鹧鸪戏唱腔分为十五个曲牌，独成体系，主要有匀板、慢板、老生匀板、老旦调等。主要乐器有鹧鸪胡、二胡、三弦、月琴。音乐伴奏以打击乐为主，几乎每一句都有打击乐。

鹧鸪戏的唱腔特点是拖音，每一句唱腔的中间都带有拖腔，拖腔有悲调也有喜调，如同鹧鸪鸣叫，婉转悠扬，清脆嘹亮。

鹧鸪戏的念白有临淄方言的特点，腔调全部押韵，大气、规整，带着独特的乡土气息，深受群众喜爱。在当地，只要听到鹧鸪戏开唱，大人孩子就往戏场赶，一个媳妇为此还闹出了"冬瓜换孩子"的笑话。尽管是个传说，也说明十里八乡对鹧鸪戏的喜爱。

鹧鸪戏的传承地区有限，都是口口相传，戏谱多保存在老艺人的脑海中。近几年，随着一些老艺人相继离世，一些老剧种正在逐步消失，村民都希望尽快找到一个更好的方式来保住鹧鸪戏，毕竟这是他们世代传承的文化。为了唱戏，村民自发地凑钱凑物，出工出力。这种情结一代代传下来，伴随着铿锵嘹亮的鹧鸪调，形成上河人独有的文化性格。

2011 年，鹧鸪戏入选国家级非物质文化遗产名录。鹧鸪戏得到各级政府的支持和重视，传统艺术得到发扬，艺术水平不断提升。山东省戏剧创作室主任、剧作家邓晓川曾写诗盛赞独具艺术魅力的鹧鸪戏：

鹧鸪声腔醉八仙，交口传唱数百年。

梨园丛中独一秀，今逢盛世更红艳。

6. 磁村花鼓

打起花鼓庆丰年

淄川区磁村镇始建于隋唐时期，因陶瓷业较发达，逐步发展成为一个商贸重镇，官府在此开设了陶瓷贸易管理机构——瓷窑务，明朝后期称为磁窑坞。这个历史悠久的古镇文化底蕴深厚，不仅有众多的文物遗址，还有灿烂的民间文化艺术。磁村花鼓就是当地特有的民间鼓舞形式，2006年入选山东省第一批非物质文化遗产名录。

磁村花鼓见于1873年，最早叫"打花鼓"。据传，当时正在重修通往名刹华严寺的"鸳鸯桥"，工程竣工时在桥头设台唱戏进行庆祝。有几名外地来此行乞的艺人，也加入欢庆的

磁村花鼓（刘炳友摄）

155

队伍中。一男子把鼓斜背肩后，双手握绳槌，击打花鼓。但见绳槌时长时短，上下翻飞，单手击、双槌打，拧旋击打，花样百出，变幻莫测。另外一男二女手持锣镲，时而穿插，时而造型，边舞边歌，凭借欢快灵活的表演，博得了群众的喜爱。此后，当地一些艺人便拜乞者为师学打花鼓，并将这种表演艺术一代代流传下来。

从外观上看，磁村花鼓与普通腰鼓大致相同。红色木制鼓身，牛皮鼓面，鼓面用钉子固定，鼓身上固定着两个铁环，拴系背带。磁村花鼓的腰肚比腰鼓的更粗一些，鼓槌也不是木棒，而是两根软线绳，绳头系一疙瘩，表演时舞者要向背后击打。打花鼓动作朴实简洁，风格鲜明，表演中鼓舞者多为即兴表演，动作随时变化。

磁村花鼓一般在春节、元宵佳节期间演出。近年来，会打磁村花鼓的人越来越少。有些老艺人因年事已高相继退出舞台，有的已经谢世。磁村花鼓代表性传承人李慎濂，为磁村花鼓的传承做了很多努力。

李慎濂年轻时钟爱文艺活动，二十多岁的他找到八旬花鼓传人陆克信，恳请老人传授技艺。当时陆克信已卧床不起，无法下地表演，只能以口授加比画的方式，一点点把花鼓的唱词、打法传授给李慎濂。1959 年秋，李慎濂率花鼓队代表淄川参加淄博市群众文化调演，获得优秀节目奖。1960 年，淄博市艺术馆舞蹈部主任吴冬寒，与山东省艺术馆、济南军区前卫歌舞团的文艺工作者，三下磁村与李慎濂切磋花鼓艺术，并将这项表演艺术正式命名为"磁村花鼓"。

1986 年，心里放不下这门艺术的李慎濂，成立了"磁村民间艺术团"。1996 年，李慎濂征得了磁村中学领导的支持，从学生中选拔文艺骨干四十八人，请吴冬寒对花鼓进行了重新编排、创新，排练了大型民间舞蹈《磁村花鼓》。第二年元宵节，民间艺术进城表演队伍中出现了磁村花鼓的表演队伍，并获得了优秀表演奖。

为保护磁村花鼓这一珍贵的民间艺术，当地政府成立了专门的工作机构，全面负责磁村花鼓的搜集、整理、宣传及开发等工作，并对磁村花鼓的历史起源、唱腔、曲调、鼓舞动作等相关资料进行了整理研究，使磁村花鼓自成体系并得到有效保护。

7. 周村铜响乐器

太空传来《东方红》

1963 年，济南军区前卫歌舞团派人来到周村鲁东乐器厂，要求制作仿古编钟，作为大型歌舞史诗《东方红》的配乐乐器。

那时，厂里的人都没见过编钟是什么样子，于是派出技术人员到北京故宫和曲阜孔庙去参观考察。技术人员看到的编钟装饰精美，工艺却很复杂，就想着先把大体形状做出来。于是他们照葫芦画瓢制作了一套，外形像铜罐子，底下不封口；又根据铸造铜碗、铜锅的原理，改进铸范，做出了"编钟"毛坯。之后，根据大小、轻重等把音律调节好。为了定好音，他们用车床反复抛光打磨；重量、厚薄、形状等都是影响音效的因素，专家一边吹着定音器，一边敲打编钟，判断音是不是准，不准就再上机床，反复调试。几经周折，编钟终于研制成功。此后，这套编钟就经常出现在大型文艺演出中，带来耳目一新的艺术效果。

1967年，山东省半导体研究所接受了军委的一项任务——研究超高频低噪声"芝麻管"。研究所成立了开发研究小组，争分夺秒地进行工艺试验，为争取时间，他们饿了就啃口干粮和咸菜，困了也不敢大睡，只眯眼休息一会儿。特别是在炎热的夏季，他们在1000—1200℃的高温炉旁一待就是一天，汗流浃背也顾不上擦。研究小组经过两年的不懈努力，终于在1969年初拿出了样品。随后投入批量生产，圆满完成了任务。当《东方红》乐曲从太空传来的时候，他们才知道研发的产品是用在"东方红一号"卫星上的。

1970年，确定发射第一颗人造地球卫星要播送《东方红》乐曲，最后把以编钟演奏《东方红》乐曲的方案报给周恩来总理时，得到了肯定。而这种乐器只有济南军区前卫歌舞团这一套，任务就幸运地落在时任歌舞团民乐队乐师刘汉林头上。刘汉林用编钟演奏之后，经过电子化处理，最终完美地呈现出所需的音效。当时，人们并不知道用什么乐器演奏的《东方红》乐曲，更不知道是用鲁东乐器厂生产的编钟演奏的。几个月后，前卫歌舞团将消息告知鲁东乐器厂，工人们兴高采烈，还专门举行了庆祝大会。

1970年4月24日，中国第一颗人造地球卫星在轰鸣声中搭乘着火箭冲入了太空。十五分钟以后，国家广播事务局随即报告，已经收到"东方红一号"卫星播放出来的《东方红》乐曲，声音清晰洪亮。周恩来总理听到消息后，激动地从椅子上站了起来，连声说："好，很好！"

除鲁东乐器厂外，博山北岭玻璃厂生产的微晶玻璃人造卫星隔热夹板、淄博电热电器厂生产的管状电热元件、淄博无线电二厂生产的整流二极管、博山电机厂生产的直流微电机等，也被用在"东方红一号"卫星上，与周村新编钟一样，成为淄博的骄傲。

8. 周村芯子
踩高搭台显奇能

周村芯子，是淄博市周村区特有的一种民间艺术表演形式，诞生于清朝初年，已经有四百余年的表演历史。传说"泰山奶奶"是周村人，每年农历三月十五是她的生日，她老人家要回娘家住几天，为迎接她回娘家，周村人创制了玩"芯子"的艺术形式。每逢她回娘家时，周村人会抬着芯子，锣鼓喧天地去城外迎接。后来芯子演变成为"闹十五"的一种表演节目。

周村芯子类似民间抬轿，在底座四周彩饰亭台楼阁、石桥彩虹、花卉等。芯子上的演员多为七八岁的孩童，高悬空中。他们站在一丛花、茶壶盖、雨伞尖的上面，或者站在一把刀、一支剑的顶尖上，一把纸扇子的边缘，让观看者提心吊胆。

其实，观众看到的都是假象，演员外穿宽大戏服，里面是保暖内衣，靠底座中通出的一根坚固铁条支撑，这根铁条就叫

周村芯子

"芯子"。芯子根据剧情打造，上有长八寸、宽五寸的平台，芯子高出平台之上。最上端，为演员们打制了一对脚踩的铁耳，齐腰的地方，打制了一个T形铁腰卡。根据剧情，铁条被装扮成树枝、刀枪、剑戟、茶壶、雨伞、花束、金鱼缸等。比如戏剧《许仙游湖》，扮演白蛇的演员打着一把花雨伞，就站在许仙手上托着的一把雨伞尖顶之上。观众看到的三寸金莲等都是道具，不知内情的观众自然会惊诧不解。

小演员一个个凤冠霞帔，挥舞着长长的水袖，凌空做出各种舞蹈动作。演员既要长相俊美，体形轻巧，又要吃苦耐劳，性格温和。孩子们一般要在芯子上待三五个小时，中午十一点表演，上午八点就要去集合地点梳妆、打扮，被绑上芯子。从上芯子开始，演员就不能喝水、吃饭，只能吃几个鸡蛋、几颗奶糖。能被选中上一回芯子，是一生中值得骄傲的事。

芯子底座是中空的，里面固定着石块，使整台芯子的重心在下面，原理与不倒翁相同。所以看似轻巧的芯子其实很重，一台大芯子需要十六个壮劳力来抬，另有十六人跟着时刻准备换班。除此之外，还有一个吹哨子的，四个拿护杆的，五个敲锣鼓家伙的，两个推幡的，四个扯幡的，三个推招牌的。一台芯子需要五十多人。

芯子之所以起源于周村，与周村的工商业、丝织业发达是分不开的。芯子表演所用"旗""络""伞"，都是用丝绸做成。打"旗"者走在芯子表演队伍最前面，上面写明芯子表演队伍的名称；"络"紧跟其后，饰以各种吉祥物，高挑在空中；"伞"紧跟着"络"，后面才是十六人抬着的芯子表演队伍。

根据剧情，又分双人芯子、三人芯子、多人芯子等，以戏剧故事、民间传说为主要内容，有《西厢记》《吕布与貂蝉》《罗成卖绒线》《八仙过海》《贵妃醉酒》《黄英》《天仙配》等。

近年来，周村统一划定线路，在安全措施到位的前提下，各企业、各乡镇、村办积极参加芯子表演。2004年春节，央视为反映万民欢庆春节的欢乐气氛，录制了周村芯子表演节目，在新闻节目时间播出。2008年，周村芯子被列入国家级非物质文化遗产名录。

9. 淄博花灯
点亮人间平安年

每年农历正月十五，在中国传统花灯之乡淄博，一组组花灯璀璨绽放，欢欢喜喜闹元宵，点亮人间平安年。

淄博花灯历史悠久，以声、光、动、奇、秀、巧特点著称，民间盛传"南有自贡恐龙灯，北有哈市冰雪灯，东有淄博闹花灯"。

淄博花灯最早可追溯到两千多年前，源于姜太公封齐。当时有很多小国侵犯齐国，为让民众过安稳日子，齐国国君姜太公就在城墙上挂上红灯。红灯高挂代表城中太平，一旦降落就意味着有敌国来犯。民众视红灯为"平安灯"，家家户户挂红灯祈平安，渐成习俗。

淄博花灯兴盛于清初，主要有博山花灯和周村花灯两大系列，随着博山陶瓷琉璃业和周村丝绸业的兴起而大盛，最大特色在于动感和故事性，题材多取自民间传说和神话故事。

博山花灯的材料以"琉璃"为主，木制框架，琉璃镶嵌。因为有陶瓷、琉璃的绘画基础，所以花灯添彩形式繁多，绘灯内容丰富，加以琉璃珠的装饰使其造型华贵、高雅，乃全国一绝。博山花灯十分注重宣传"孝文化"，最具特色的为"孝

淄博花灯（皇甫晓文摄）

妇河的传说"大型故事灯组，由"颜文姜受虐""太白金星赐鞭""救助公婆成神"和"孝水欢歌"四组座灯组成，生动地展现了颜文姜的传说。

周村花灯的材料以"丝绸"为主，在历史长河中逐渐形成了自己的鲜明风格。宫灯、转灯以丝绸代替灯纸裱糊；各种形象的动物花灯多是采用彩绘、剪纸、书法等艺术手段加以装饰；展灯以当地民俗故事、成语故事为主，也佐以山水、花鸟等。周村花灯灵巧秀气，绘画细腻逼真，体现了齐鲁大地深厚的文化底蕴。

"走马灯"是周村花灯里的一大特色。外形多为宫灯状，灯内点上蜡烛，蜡烛产生的热力造成气流，令轮轴转动并带动其上粘贴的剪纸，烛光将剪纸的影像投射在灯屏上，图像便不断走动。因多在灯面上绘制古代武将骑马的图案，当灯转动时看起来好像几个人你追我赶一样，因此得名。

当代淄博花灯成为向世界讲述中国故事的美好使者。1994年，淄博花灯赴莫斯科展出，令当地民众大开眼界。2001年，淄博花灯到德国参加柏林亚太周活动，"九龙壁""欢庆龙舟""京剧脸谱"等六组大型花灯亮相柏林街头。"孔雀开屏"动态花灯被柏林当地纸媒争相报道，很多外国人一边欣赏花灯一边称赞中国工匠精神。

古老的技艺，在传承创新中不断升华和超越。淄博传统的机械花灯在艺术节上得到了完美呈现。"沉香救母"灯组场景宏大，光影交错中，人物腾空而出，将山劈为两段，气势恢宏；"鹊桥会"灯组全长七十五米，惟妙惟肖地再现了牛郎织女的

"世纪之吻"。还有展现淄博民风民俗的"齐文化"风情街，呈现了听戏、纺织、磨豆腐等市井日常。

如今，在保留传统花灯特色和工艺的基础上，淄博花灯还融入了现代光影技术、激光、裸眼 3D 等高科技，兼具观赏性和互动性。2014 年，淄博花灯入选第四批国家级非物质文化遗产名录。

对于大多数淄博人来说，花灯不只是传统文化，更承载着对家乡的记忆和情感。保护和传承这一项传统技艺，也是为了守护这座城市的文化灵魂。

10. 孟姜女传说
千里寻夫哭长城

作为中国四大民间传说之一，孟姜女传说可谓妇孺皆知。两千五百多年来，孟姜女忠于爱情、反抗暴政的形象深入人心，人们在赞美孟姜女与丈夫生死相随的同时，也把这个弱女子当作控诉秦始皇暴政的代言人。

孟姜女故事最早可追溯到《左传》。据《左传》记载，齐国大夫杞梁攻打莒县战死，战争结束后，齐庄公携杞梁等人灵柩归国，途中遇杞梁之妻，齐庄公欲就地吊唁。杞梁妻说，杞梁如果有罪，那就不值得您为他吊唁；杞梁如果无罪，我们还有先人的房屋，不能在这里举行吊唁仪式。于是齐庄公到杞梁家中进行了正式的吊唁。

此后数百年间，杞梁妻的故事越来越丰富。西汉后期，刘

向在《列女传·齐杞梁妻》中将故事发生地设定在今淄博地区，齐庄公吊唁后回朝，杞梁妻思念丈夫心切，整日在长城脚下大哭，路人无不落泪，十天后，城墙竟然为之崩塌。杞梁妻在埋葬丈夫后，感到内无所依，外无所倚，遂赴淄水而死。

唐朝时期，杞梁妻的故事在众多杂记、诗歌中被不断叙述，成书于唐天宝年间的《碉玉集》里有《杞梁妻泣崩城》篇目，其文记载，杞梁在修筑秦长城时不堪重负，逃到孟起的后花园，孟起女儿孟仲姿正在洗澡，孟仲姿以"女人之体不得再见丈夫"为由嫁于杞梁。婚后，杞梁返回继续修筑长城，主典怒其逃走，将其打死后筑入长城中。孟仲姿知道后，前往现场，向城号哭，城墙一面崩倒，露出无数白骨。孟仲姿以指血滴白骨，说："若是杞梁骨者，血可流入。"滴到杞梁尸骨时，血迅速渗入骨内，孟仲姿便将其尸骨带回埋葬。

这则故事里不仅第一次出现杞梁妻姓名，且背景发生巨大变化，杞梁与妻子由齐国人变成了秦国人，杞梁由攻打莒县而死变成因修筑秦长城而死。

同一时期，唐人变文中有一首小曲《捣练子》，其中有"孟姜女，杞梁妻，一去燕山更不归。造得寒衣无人送，不免自家送征衣"的词句，从此，杞梁妻有了一个流传千年的名字——孟姜女。

从这时起，杞梁妻不仅有了"孟姜女"的名称，而且她所哭的齐长城也变成秦长城，故事情节与现今所传孟姜女故事已基本一致。

两千多年来，在人们的口传笔颂和不断演绎中，孟姜女的故事愈发完善，人物性格更加丰富，孟姜女身上所体现的正直、善良、勤劳、勇敢的高贵品质，以及不畏强暴、敢于斗争的英雄主义精神，也让她成为中国文化史上最动人的女性形象之一。

（二）璀璨技艺

1. 淄博陶瓷

品质铸就当代国窑

在海外，陶瓷最早的称谓是 Chinaware，直译为"中国瓦"，后来简称为 china。关于这个词的起源，学术界众说纷纭，但可以肯定的是，在中国历史上，特别是中外文明交流史上，陶瓷具有非常特殊的地位。

　　淄博是中国北方青瓷的重要发源地，在中国古代陶瓷史上具有重要地位。历史上，淄博生产的陶瓷以民用为主，结构简单、建造容易的"馒头窑"是当时烧制陶瓷的主要设备，窑外形呈馒头状，横切面有圆形、椭圆形等。对古窑址的考证表明，这种窑出现于战国至秦汉时期，到宋代，窑的结构分窑室、窑门、通道、火膛、窑床、烟囱六部分，历经元、明、清，无显著改进，新中国成立后仍广泛应用。

　　淄博优越的地理位置和丰富的耐火材料、山林、煤炭资源，为陶瓷业的发展创造了得天独厚的条件。

　　淄博是中国最早生产和使用陶器的地区之一。根据2005年发掘的扁扁洞遗址出土文物，淄博地区使用陶器的历史被一举推至距今八千多年前。扁扁洞出土的陶片多为夹砂陶，质地不均匀，颜色以红、红褐为主，也有部分褐、黄褐色，主要器型为釜、钵。陶器表面素净，未见纹饰或刻画现象，有的已具有后李文化陶釜的叠沿样式，是海岱地区新石器时代文化的源头。

淄博华光陶瓷

古代制盐，一般用深腹陶器将海边滩涂下的卤水煮沸，加入凝固物质结晶而成。盐的大量需求带来制盐业的大规模发展，社会对煮盐用的陶制工具需求激增。陶器是储盐和贩盐再好不过的容器，生产和贩运盐需要大量陶器，于是，齐国渐渐发展成为中国北方重要的陶瓷生产基地。发达的制陶业助力渔盐冶铁，齐国社会财富不断积累，国富民强，为实现霸业提供了雄厚的物质基础。

魏晋南北朝时期，淄博窑完成了由陶向瓷的过渡，寨里窑的青瓷具有划时代的意义。到了唐宋时期，陶瓷烧造技艺日趋精进，器类齐全，地方特色更加鲜明，雨点釉、茶叶末釉、绞胎瓷、白地黑花瓷和铁锈花、兔毫瓷等独树一帜。明清时期，淄博形成了以淄川、博山为代表的陶瓷生产基地和产品销售中心，以寨里窑、磁村窑、博山窑为代表的淄博窑成为古瓷名窑。

如果说陶瓷是淄博的一层底色，那么科技创新正在为其涂上一层迷人的釉彩。随着智能化浪潮席卷而来，淄博陶瓷产业从传统粗放型增长向创新、个性、绿色等方向转变，在全国陶瓷行业引领风潮。以科研创新改造传统陶瓷产业，使淄博现代制陶业后来居上；融入文化创意，又催生了崭新的陶瓷产品。

依托陶瓷产业，淄博还衍生出刻瓷、拓彩、瓷画等多个产业，从用以满足人们日常生活需要的日用瓷，到健康环保的天然矿物质瓷、抗菌陶瓷、无铅陶瓷，淄博陶瓷业正走进国际陶瓷舞台中央。

2. 博山琉璃

浴火淬炼千年光华

关于琉璃的由来，据说最早是炼丹家发现的。古代炼丹家将各种各样的石头放入丹炉中，幻想炼出长生不老的仙丹。有一个叫路申的人，在丹炉炉渣中发现了一颗颗不规则的发光物体，有的晶莹透亮，有的五颜六色，这就是琉璃。

世界琉璃看中国，中国琉璃看淄博。数千年之后的今天，在淄博市博山区的琉璃制作车间，仍然保持着传统的古法琉璃烧制工艺。

中国琉璃，最早可以追溯到西周时期。据记载，最初制作琉璃的材料，是从青铜器铸造时产生的副产品中获得的，经过提炼加工然后制成琉璃。到了汉代，琉璃的制作技艺已相当成熟，器物的透明度也接近后世的玻璃，令人惊叹。当时，琉璃的冶炼技术还掌握在皇室贵族手中，民间很难得到，所以人们把琉璃看得比玉器还要珍贵。

博山的琉璃业，始于一千多年前，到元末明初时，已具备相当的规模。1982年，在博山大街发现的琉璃炉遗址，是迄今为止国内发现的最早的古琉璃窑炉遗址，由此博山也被认定为中国琉璃的起源地。

据专家研究，明朝时期，博山已经开始为宫廷制作琉璃。清朝初期，内务府设造办处，博山琉璃工匠应召到造办处服役，造办处所用的琉璃原料大多由博山供应。

清雍正、乾隆年间，鼻烟壶、烟袋嘴等逐渐成为琉璃生产

博山琉璃

中的大宗产品，充翠仿玉的琉璃产品也开始兴盛，琉璃色料的种类大大增加。至道光年间，博山琉璃业进入兴盛时期。咸丰年间，开始出现专门销售琉璃的料货庄，使博山琉璃的销售从集市贸易、长途贩运，逐渐转为以博山为中心的全国各地定点销售。清同治年间，博山西冶街一带几乎家家户户都以琉璃为业，成为名副其实的"琉璃之乡"。

以博山为代表的古法琉璃，千年之后仍保持着传统的手工制作工艺。古法琉璃，是在1400多度的高温下，将水晶琉璃母石熔化后，经过化料、挑料、吹制、塑型等十多道工艺，凝聚成高贵华丽、造型各异的琉璃，其色彩流云漓彩、美轮美奂，品质晶莹剔透、光彩夺目。博山的琉璃产品涵盖内画、灯工、雕刻、热成型、脱蜡铸造等几大类，近千个品种，上万种花色。

如今，淄博已成为中国最大的琉璃生产基地和产品集散地，产品销往一百多个国家和地区，被评为"中国日用玻璃和琉璃工艺品出口基地"。

淄博琉璃是古代传统文化与现代艺术的完美结合，是思想情感与艺术的融会，是淄博人的骄傲，更是不朽的非物质文化遗产。

3. 周村丝绸

老字号瑞蚨祥

1949 年 10 月 1 日开国大典上，毛泽东主席在天安门城楼上亲手升起的第一面五星红旗，现保存在国家博物馆中，它长460 厘米，高 338 厘米，是由瑞蚨祥提供面料制作而成的。对于瑞蚨祥来说，这是一枚不朽的勋章，也是这个百年老字号最难忘的高光时刻。

1956 年 12 月 7 日，毛泽东主席在同民建和工商联负责人的谈话中，曾慷慨地提到"历史的名字要保存……瑞蚨祥、周仁堂一万年要保存"。

周村票证博物馆收藏了一张瑞蚨祥广告画，印有"大清光绪三十年（1904），瑞蚨祥号成立五十三周年庆典纪念"字样。可以推断瑞蚨祥创立于清咸丰元年（1851），创立人是孟传珊。据章丘《旧军庄志》记载：店址位于周村鱼店街与大车馆路口处，西北向五进院落，有房屋百余间。

瑞蚨祥中的"瑞"字，是瑞气的象征；"蚨"取青蚨还钱的寓意；"祥"字，一方面是吉祥之意，另外孟家所开商铺均是祥字号。美国零售业巨头沃尔玛公司创始人山姆·沃尔顿生前曾说："我创立沃尔玛的最初灵感，来自中国的一家古老的商号。它的名字来源于传说中一种可以带来金钱的昆虫。"山

周村丝绸

姆·沃尔顿所说的这家商号，就是瑞蚨祥。

瑞蚨祥始终坚持"至诚至上、货真价实、言不二价、童叟无欺"的经营宗旨，同时又有着商品齐全、服务热情的经营特点。靠着完善的内部管理制度和先进的经营手段，迅速发展起来。特别是孟雒川掌管瑞蚨祥以后，短短几年时间，就对商业经营和管理之道烂熟于胸，并处理了几件令长辈拍案叫绝的事情。后来孟传珽将庆祥、阜祥、瑞生祥等产业委托他管理。孟雒川接手后，对瑞蚨祥附属染坊阜源永旧址进一步增加投资，重新建设厂房。

孟雒川虽是商贾，但举止言行、待人接物，唯孔孟之道是尊。当时，一踏进瑞蚨祥店门，便能望见正面墙上"践言"两个大字，与之相对的墙上则有"修身"二字。"修身"意指治店要以圣训为本，"欲治其国者先齐其家，欲齐其家者先修其身，欲修其身者先正其心"，要规规矩矩做人，诚诚恳恳待人。"践言"即要求大家要把修身正心付诸实践，言行一致。

20世纪30年代，瑞蚨祥已发展成为广涉布匹、绸缎、绣品、皮货、织染、茶叶、首饰乃至钱庄、当铺、药铺等众多经营项目的商业王国，几十家分号遍布北京、天津、上海、济南、青岛、烟台等大中城市。1949 年历经沧桑的瑞蚨祥和大栅栏的许多老字号一样，迎来新中国的第一道曙光。

4. 周村织染
惊心动魄"大染坊"

1898 年，桓台县人张启垣来到周村，被"东源盛"染坊东家收留，东家看他朴实勤劳又聪明伶俐，就将他招作上门女婿。张启垣不仅懂染丝技术，还能写会算，他的职务也一路高升，从管理账目直至被聘为经理。此后，因染坊股东之间不睦，经营难以维持，遂告歇业。张启垣便与几个朋友集资制钱 500 吊，盘下了东源盛染坊，改名为"东元盛染坊"。

东元盛创立之初，仅有七名工人，专为丝线加工染色，几年下来盈余很少。张启垣看到大洋布庄、色洋布行的买卖兴盛，随即开始染布，成立了一个丝线染坊和布染坊的混合作坊。在有了一定积蓄后，便开始了自染自销。当时染坊用的颜料主要是从德国进口，一战爆发后，颜料进口数量锐减，价格暴涨，颜料行业大发其财，染纺业也因此受益。然而，好景不长，1916 年春，吴大洲、薄子明率山东反袁护国革命军进占周村，市面混乱，百业凋敝，张启垣再三考虑后，毅然将东元盛迁往济南。

由于搬迁仓促，加上现金全部用于租赁房屋、迁移和购置零星设备，东元盛周转极为困难，幸亏从桓台田家庄公义钱铺取得贷款铜圆200吊，才解决了流动资金问题。张启垣在经过一番市场调研后，决定另辟蹊径，增添"莱芜染"深蓝布。这种以土靛作染料的传统瓮染手艺不易掌握，张启垣花重金从莱芜请来三位师傅进行染制，产品适销对路，供不应求，年终结账获利一万吊左右。

进入20世纪30年代，东元盛通过技术改进，购置机械设备和电力设备，同时自办铁工厂，仿造进口织布机等，走上了机器化生产的道路。1933年，东元盛在济南北园边家庄一次购地三十亩，又从日本购置了一大批先进设备，实现了机械化、规模化生产。

1938年到1942年，东棉洋行、三井洋行、三菱公司和其他株式会社以与东元盛合作为名，企图吞食这一民族工业巨头，均被张启垣、张东木父子婉言拒绝。因拒不与日本人合作，张东木的大哥、东元盛经理张伯萱被日军以"通匪"为由逮捕；二哥张让青以拉拢行贿为由被逮捕。日军又以东元盛私存军用物资汽油为由，要逮捕厂长张东木，张东木躲到同学家才得以幸免。1942年11月28日，张启垣被日军活活气死，享年六十五岁。在日本侵略者军事压迫和经济倾轧下，东元盛遭受重大损失，被迫停工，辞退了一部分工人，留下了一些技术工人作为护厂人员，直到日军投降方始复工。

1954年4月20日，人民政府批准东元盛为公私合营厂，成为济南市最早实行公私合营的企业。1966年，东元盛改为国营，更名为国营济南第二印染厂。

5. 鲁派内画

方寸之间大千世界

内画是中国艺术殿堂一颗璀璨的明珠，是一种具有独特技法的传统工艺美术。在瓶口如豆、大小如掌心的小瓶子里，用特制的弯曲钩笔在其内壁反手写字作画，方寸之间绘出气象万千，可谓神奇。

鲁派内画肇始于1890年，至今已有一百三十余年历史。作为鲁派内画鼻祖，毕荣九与鲁派内画的种种故事一直为世人所津津乐道，他的个人事迹也被广泛记载于相关书籍中。

毕荣九（1874—1925），博山人。光绪十六年（1890），毕荣九到县衙做油漆活，看到知县随身携带一琉璃材质的内画鼻烟壶，壶内壁绘有画景，很是好奇，就问起鼻烟壶来历，知县回答说是他北京的同僚从周乐元处专门定制来装鼻烟的。从县衙回来后，毕荣九就反复揣摩壶内作画之法，但绞尽脑汁终不得其解，后来听说协顺帽庄在北京有业务，就拜托其主人王凤诰去北京找周乐元予以沟通。

毕荣九作品《静如君子》

王凤诰回到博山后,将所见所闻告诉毕荣九,毕荣九即根据王凤诰所述,反复琢磨,终于研制出了内画工具。这种工具以竹子做成,顶部弯曲,尖端处理成笔毛样式,作画时可以将竹笔尖端蘸墨,自瓶口探入内部绘画。因瓶体内的画面是反的,毕荣九按传统方法将壶体放置桌上进行操作,画面效果不好,始终不得要领。一天,毕荣九将壶体拿在手中仔细端详,思索壶内壁绘画之法,偶然之间,他想到可以一手握壶,一手拿竹笔从正面进行操作,一试,果然效果比以前好很多。

毕荣九虽掌握了内画要领,但壶体内部打磨砂面对他而言仍然是个难题。他先把铁丝捆成一束,顶端弯曲,伸入壶内反复刮擦,没有任何效果;又把火镰和铁锅敲成碎片放到壶里面,加水摇晃,壶壁许久才出现一点划痕,且铁锅灰把整个壶体内壁染成了黑色,效果也不理想。毕荣九又反复用各种材料试验,均以失败告终。

一天,毕荣九见岳父姚若伯正与友人饮茶话旧,谈到内画鼻烟壶制作的技艺提升问题,他们几个受到博山料货庄生产琉璃烟嘴需要用泥砂加以磨碾的启发,提议试验用砂泥将壶内腔磨砂。毕荣九听后即如法炮制,但收效甚微。后有用土枪打猎的友人建议他再加上弹药中的铁砂试试。毕荣九就用泥、沙、铁砂装入瓶内摇晃,将壶内壁磨成毛玻璃状的磨砂面,经反复试验,终获成功。

在毕荣九的影响下,博山地区一批内画艺人迅速成长起来,并逐渐与北京内画艺人分庭抗礼。因北京内画艺人统称为"京派",为表示区分,博山内画艺人就统称"鲁派","鲁派内画"即得名于此。

　　鲁派内画传承至今已有一百三十余年，这期间不仅诞生了李克昌、文向君、张广庆、王孝诚等蜚声国内外的内画大师，而且形成了人物、山水、花鸟、书法等众多流派，鲁派内画也因此成为中国传统艺术瑰宝中的一朵奇葩。

6. 淄博砚台

历代名人说淄砚

　　文房四宝，砚居第一。其因"传万古而不朽，历劫难而如常，流千古而永存"的特性，而被文人墨客置于清斋案头，视若拱璧。产于蒲松龄故乡的"淄砚"，更因其温润如玉、质地优良而誉满天下。

　　淄砚制材出自山东省淄博市淄川区罗村镇河东村洞子沟老坑所产石头，坚润细腻，下墨爽利，是制砚之良材。罗村所产砚材，为井下开采，上层疏松，非良材，下层坚润，为制砚的上品之材。砚材属粉沙质泥岩，所含矿物成分有显微晶质状方解石、褐灰色半透明状泥质物以及以石英为主的粉沙级矿物。偶含黄铁矿物质，有金星闪烁，映日有辉。产于虞望山一带的彩色淄石，有水坑和山坑之分，但所含矿物成分大同小异，属泥质灰岩。淄砚因产地不同，而石质各异。龙脉砚石，结构细密，质地细润，硬度适中，所制砚台，简雅清端，文质彬彬，为其他砚石所不及；凤脉砚石，色彩怡眼，温润可爱，富于变化，高手依纹理加以雕琢，创造出一方方艺术佳品。

淄砚

淄砚始于秦汉，兴于唐而盛于宋，在不同的历史时期曾与端砚、歙砚、洮砚并列为四大名砚，素有"淄石有铜，足为是真，如金之声，如玉之润，研墨如锉，发墨如油，用手抚之，如婴之背"的美誉。宋神宗熙宁年间，大史学家司马光编修《资治通鉴》，神宗为奖其劳，亲选珍藏之淄砚一方赐之，司马光慨叹"淄砚逾于琼瑶，一砚价比连城"。这一历史时期，淄砚就有韫玉、金星、青金、墨玉等名称。

北宋末年，金人入侵，中华文脉南移，此后二百年间，淄砚一度沉寂。明清之际，淄砚重现生机，为文人所重。清乾隆年间，淄川县令盛百二对淄砚历史与石质物理勘查研究，编著《淄砚录》一文，为研究淄砚的重要文献。清代纪晓岚嗜砚成癖，在八十一岁时得一淄砚，写诗赞曰："曼倩三窃王母桃，堕而化石沉波涛。水舂沙蚀坚不销，圭角偶露惊舟鲛。漉以琢砚登书巢，尚有灵液濡霜毫。"

中国书法家协会原名誉主席舒同得一自然叶形淄砚，背镌铭："出齐鲁，若桐叶；临池比绿天，逸思超物外，伴诗书，春永在。"中国书法家协会原主席启功先生为淄砚作铭："锋发墨，不伤笔，箧中砚，此第一，得宝年，六十七，一片石，几两屐。"左笔书法家费新我得淄砚，叹曰"一朝慧眼识真趣，常伴笔墨倚窗前"，并为淄砚撰写两条砚铭。

2013 年，"淄砚手工制作技艺"被列入第三批省级非物质文化遗产名录，在中华砚联合会评选的"中华十大历史名砚"中排名第六。2016 年，淄砚成为中国地理标志产品。2019 年3 月 29 日，在第四十三届全国文房四宝艺术博览会上，罗村镇荣获"中国淄砚之乡"特色区域品牌。

7. 鸡油黄

琉璃瑰宝

在琉璃众多门类里，有一种温润明亮、微微泛红的黄色琉璃最为珍贵，它光泽晶莹，温润凝重，抛光后似被酥油浸润，鲜艳欲滴，让人一见就爱不释手。

这一琉璃种类在明初兴起，盛产于清雍正、乾隆年间，由内务府会同山东巡抚衙门从博山琉璃艺人中征调能工巧匠集中在造办处闭门制作。由于其色泽雍容华贵，被尊为"御黄""黄玉"，为皇室和

孙云毅所制鸡油黄瓶

宫廷专用，民间严禁生产。而于此工作的博山匠人却给它起了一个更加形象的名字——鸡油黄，盖因其色泽、油润度酷似母鸡腹中的鸡油。

乾隆年间，养心殿造办处集中了全国最优秀的艺术和技术人员。琉璃匠人作品代表了当时中国琉璃技术的最高水平，御制鸡油黄料器就是其中的佼佼者。鸡油黄琉璃自面世以来，因其配料昂贵，制作工艺复杂，上乘精品极为难得，成为历代收藏家首选藏品。

历史上，鸡油黄琉璃制作工艺曾经几度中断和失传。新中国成立后，根据中央指示，博山美术琉璃厂于1971年决定恢复研制，经反复试验，偶得的几件鸡油黄瓶坯，在广交会展出时引起轰动，被国外买家高价收藏。后来，在企业改制过程中，鸡油黄研制资料和有关实物再一次流失。

21世纪初，作为琉璃世家的博山孙氏家族后人孙即敏、孙即杰兄弟，在古方基础上投资研制，成功恢复了鸡油黄烧制技艺。

鸡油黄制作技艺极其复杂，对原料、人工、温度、湿度等都极为苛刻，每一个环节的细小偏差，都会导致前功尽弃，所以才有"鸡油黄烧制，十缸九不成"之说。孙即敏之子孙云毅在父辈研究成果的基础上，经过十余年几百次的试验，从材料、工艺、技术、器型设计等方面不断改进，系统改良了鸡油黄的技术和配方，大幅度提高了成品率及产品颜色的纯正度。他也凭借自己的坚持与操守，从众多的琉璃艺人中脱颖而出，把这种珍贵琉璃品种带到了一个新的高度。他制作的鸡油黄艺术品完美吸取了传统鸡油黄的精华，据故宫博物院学者鉴定，其质量方面已经超过当年清宫造办处御制"鸡油黄"料器，并赞誉他制作的鸡油黄作品为"当代御黄"。

近年来，孙云毅创作的鸡油黄琉璃精品先后被故宫及国内外几十家博物馆、美术馆收藏，作品频频在上合峰会、进博会等场合亮相，被山东省委、省政府评为"城市礼品"，在赢得众多荣誉的同时，进一步提升了博山琉璃的知名度与美誉度。

鸡油黄作为博山琉璃艺术的标志性产品，以其神秘的配方、优秀的设计与历史积淀、文化传承，默默地向历史表达敬意，向时代传递美好。

8. 雨点釉

瓷中珍品

雨点釉也称油滴釉，因釉中布满具有银色金属光泽的放射状圆形结晶，形似雨点坠入水中时迸出的水花而得名，多用于制作茶具及艺术器皿。其银色结晶大者如豆，小者如米，风格独特，古朴雅致，以此器皿盛茶则金光闪闪，盛白酒则银辉熠熠，映日视之，晶莹夺目，如繁星闪烁。古人对雨点釉作品极为推崇，形容它为"漆夜无云满天星"，雨点釉也以其沉静、优雅、凝重、高贵的艺术风格被国内外宾客称为"中国之奇、陶瓷之谜"。

淄博地区雨点釉的生产起始于北宋初年，并在较短时间内

周祖毅雨点釉《鹭鸶瓶》

快速发展起来，这与当时饮茶习俗有很大关系。宋代早期，饮茶方式由煎饮变为点饮，讲究点茶技术，是以出现"斗茶"，因雨点釉茶盏能充分焕发茶色，所以成为"斗茶"时的主要器皿。金代时期，淄博地区生产的雨点釉更加精美，达到一个顶峰。元代时，雨点釉生产水平有所下降，尤其是元末明初战乱频仍，雨点釉烧制技艺因此失传，此后近千年时间里，再无雨点釉的踪影。

直至20世纪30年代，博山黑陶艺人侯相会对雨点釉产生了浓厚的兴趣，又开始研制试烧，并于1936年烧制成功。后来，侯相会把雨点釉烧制技艺传授给了徒弟李洪昌，由淄博美术陶瓷厂生产雨点釉瓷器。20世纪60年代，本地陶瓷艺人周占元也掌握了雨点釉生产技艺，开始进行试验，并取得成功。后来，周占元于1985年开办了自己的企业——博山雨点釉陶坊，专事生产雨点釉作品。

周占元之子周祖毅自幼跟随父亲钻研雨点釉，2007年，周祖毅担心雨点釉技艺再次失传，便辞去国有企业的工作，全身心地投入陶瓷研制和生产，并把重点放在雨点釉上。

经过多年的努力，周祖毅终于研制出了釉色纯正、结晶效果极佳的雨点釉配方和烧制技艺，并在黑釉的基础上，相继研发了红、黄、蓝、绿多种雨点釉新品种。同时，在恢复提梁壶、双龙瓶等传统器型的基础上，周祖毅又成功将立粉彩陶技艺嫁接到雨点釉作品上，单一雨点釉与立粉彩陶的结合，让画面变得更加富有神秘感，传统的雨点釉因此形式更加多样。用这一技艺制作的雨点釉相关产品如《鹭鸶瓶》《竹鸡盘》等被誉为当代雨点釉最具代表性的作品。

雨点釉以"厚如毡、重如铁、黑如漆、美如锦"的独特艺术风格，不仅开辟了一条陶瓷制作技艺的新路，也让这一断代近千年的古老技艺重新焕发光彩。

（三）美酒佳肴

1. 扳倒井

赵匡胤册封"国井"

高青县历史上曾称作"狄城""青丘""高苑"等。宋朝开国皇帝赵匡胤南征北战，曾多次途经此地，留下了"扳倒井""衮龙桥""顺王棘"等相关故事，其中以"扳倒井"最为有名。

高青的"扳倒井"位于高城镇西关村，狄城遗址东南部，井壁呈倾斜状，是古代"高苑八景"之一。

相传宋太祖赵匡胤领兵鏖战，至高青地界。当时正值盛夏，

扳倒井

人马都焦渴难耐，将士群情躁动，军心不稳。众人远远望见有一眼井，不由得大喜。可是井深数丈，又没有打水的器具，这可如何是好？赵匡胤默念"若能将井扳倒就好了"，说罢伸出双臂，使神力想把井扳倒。正所谓真命天子自有天助，只听轰隆一声，神井轰然而倾，清澈甘甜的井水喷涌而出。兵将们畅饮完井水，顿时神清气爽，士气高涨，从此战无不胜攻无不克，终成一代伟业。更神奇的是，人马喝足了，井又慢慢立起，却再也恢复不到原来垂直的程度了。

太祖登基后，感念神井倾斜溢水相助，亲笔御书"扳倒井"，并御封为"天下第一井"，时号为"大宋国井"。既然是天子册封，世人纷纷前来，以饮用此井水为荣，以至汲取者不计路遥千里，络绎于途。宫廷御用酒师遂以井水酿酒，供奉太祖，"扳倒井酒"由此得名，自然成了"国酒"。自宋代以来，国井美酒，香袭四方，王公贵族，均以品鉴为雅，天下豪杰，无不以争饮为荣。国井因此声名远扬，酒香泽被四方。赵匡胤扳倒了水井，命名了"扳倒井"，而这口国井也成就了"扳倒井酒"。

高青的酿酒历史源远流长，《高青县志》记载，约公元前800年，长狄人辗转南下，在济水北建郪瞒国，国都为狄邑（今高青高城镇西北），也称狄城。长狄人的后裔将祖先引以为豪的酿酒技术带到了高青这块土地上，加上"古之四渎"之一的济水清澈甘甜，为高青酿酒业的长盛不衰提供了有利条件。

陈庄—唐口遗址发掘出大量的盛酒器、饮酒器、盛食器、炊器等。青铜酒器是贵族专用的器具，多用于皇室贵胄之间的宴飨、朝聘、会盟等隆重场合。此外还有舀酒的器具，用水调酒的器具，足以反映当时酒文化的发达繁荣。

北魏时期，高阳太守贾思勰著有《齐民要术》一书，记载了齐地十余种制曲方法和四十余种酿酒工艺。高青因悠久的酿酒历史和独特的地理环境自然成为"齐地"酿酒业的中心。"高阳城外酒旗风"为当地有名一景。

唐代，年轻的杜甫数年流连于高青，尽情享受狩猎、饮酒的人生乐趣。宋代，当地人开始使用扳倒井水，以当地优质高粱、大米为原料，通过"麦曲"发酵粮食进行酿酒，井型窖池酿出"扳倒井酒"。此酒"酒质美，清而不浊，雅而不薄"，以至于出现了"迎春柳，回家走，喝井酒"的民谣，流传至今。

明清以后，高青一带经济凋敝，民不聊生，酒坊或破产或改行，酿酒业从此一蹶不振。直到新中国成立后，古老的井窖酿造工艺才重新得以发掘传承。2007年，扳倒井第九纯粮固态发酵酿酒生产车间被上海大世界基尼斯总部认定为"最大的纯粮固态发酵酿酒生产车间"。2008年"中国白酒复粮芝麻香研究基地"在扳倒井揭幕,扳倒井成为中国复粮芝麻香型白酒技术的代表。

2.周村烧饼
中华第一饼

周村烧饼的源头可以追溯到丝绸之路上的"胡饼"。周村明教寺留存的唐代摩尼教遗址表明,唐、宋、元时期,阿拉伯等地通过经商或其他途径来周村的人较多,今天周村的少数民族居民就是他们的后裔。他们把以胡饼为代表的西域游牧民族的饮食文化带到了周村,这是周村烧饼的雏形。

周村烧饼

清朝中期，周村已经是商贾云集的"旱码头"，当时流行着两种叫作"糖薄脆""面薄脆"的点心，很受消费者欢迎。桓台人郭云龙原是一家传统烧饼铺的学徒，出徒后又在店内从业数年，师傅资助他在周村油店街设立"聚合斋"。郭云龙起初仍是制作传统的吊炉芝麻烧饼，做的烧饼分量足、口感好、火色适中，买卖红火。后来，他注意到妇女们摊煎饼时，有时剩下点磨糊，习惯掺上些芝麻，烙成香脆的焦饼喂小孩。他从中受到启发，也试着把烧饼往薄里揉，烤出来后，果然香脆爽口，与众不同，比传统烧饼更受消费者的欢迎。

后来，郭海亭协助父亲郭云龙撑起了聚合斋的店面。当时的烧饼中间薄，周边较厚且不整齐，形似木耳，故称作"木耳边烧饼"。郭海亭力求在薄上做文章，经过长期试验，将原来的擀剂子改为用手来延展，终于去掉烧饼的"木耳边"，使之变得犹如薄纸一般，成功制出薄、酥、香、脆的大酥烧饼。他又将过去的用线捆扎改为用印有字号的纸包装，这样既美观大方，又便于携带，此工艺和包装便沿用下来，备受人们的欢迎。

清末，周村烧饼通过在北京的周村商人传入宫廷，清摄政王载沣曾多次调贡周村烧饼，周村烧饼因此成为名吃贡品。1904年，胶济铁路开通后，大酥烧饼成为商贾过客的应时点心而广为流传，周村商界的"八大祥"专门订购作为礼品，通过铁路成箱发往埠外各地。一张小小的烧饼，因薄香酥脆闻名天下；很多人没有到过它的产地，却因一张饼而记住了一座古城。

如今，周村烧饼声名远播，常常作为招待外国元首和国际友人的"指定食品"，成为中华美食的一张名片。

3. 博山四四席

聚乐村品人间至味

1919年，聚乐村在博山正式营业。时任博山商会会长张焕宸亲笔题写的"聚乐村"三个大字被刻制成金色匾额，悬挂于正门上方；民国著名书画家王讷题写的"聚太和气、乐适意游"大幅门联悬挂于正门两旁。据说单是制作这块牌匾上的三个鎏金大字，就耗用了一两黄金。

聚乐村环境优雅、菜品考究、服务周到，刚一开张，就成为博山饮食界的佼佼者，不仅享誉博山，更是驰名四方。博山周边各地的商号、厂矿等宴请贵宾时均以聚乐村为首选，其他各种红白公事及社会活动等也多在此迎来送往。

随着规模日渐扩大，聚乐村名厨王广镛、栾玉琢等人将传统儒家思想中的仁礼思想吸纳到博山饮食中，并经过研思、改进，形成四四席宴席规制。四四席包括四干果、四鲜果、四点心等摆盘和四平盘、四大件、四行件、四扣碗等主菜。在具体操作中，一般会根据不同季节、不同客人、人员多寡及特殊情况及时更改替换，但四大件、四行件、四扣碗必须按顺序穿插上席。近年来，聚乐村四四席在菜品研发上不断创新，增加了四味碟、四京糕、四风味、四海鲜等，使整席菜品不仅口味更加多样，色泽也更加丰富。

1927年，聚乐村已经储备了雄厚的资本，栾玉琢审时度势，决定在博山宋家胡同再建一座新饭庄。新建的聚乐村饭庄装潢

1927年聚乐村分店成立时合影

极为考究，庭院宽敞，走廊雕栏飞龙走凤，装饰华丽，饭庄客厅布置清雅绝俗，墙壁上名章秀画，琳琅满目。每间客厅都设有条山几，上列文石、名贵陶瓷等。为彰显饭庄特色，打造高端品牌，聚乐村所有餐具均由自己设计，再专门烧制而成。高档餐具则从景德镇或日本定制，再包金包银，极尽奢华。

新开张的聚乐村延续了服务周到、菜品优良的传统，是以每天宾客盈门。日均接待顾客二十桌左右，多时达三四十桌。营业额最高时，每天能达到五六百元现洋，为聚乐村的发展打下了坚实基础。

聚乐村在经营过程中也时常会遭遇各种"挑战"。一日，两位南方客人到聚乐村后，点名要吃一道"烧南北"的菜，厨师从未听说过此菜，遂赶紧汇报给栾玉琢。栾玉琢略加思索，告诉厨师，客人要吃的是"口蘑炒竹笋"，因竹笋产自江南，蘑菇则以关外为佳，两者相炒，正合南北之意。等菜品端上桌后，客人一经品尝，忍不住连声叫好，交口称赞。

另外，在聚乐村吃大鸡蛋的故事也流传甚广。某日，有一财主到聚乐村就餐，提出要吃个两斤重的大鸡蛋。柜台回应说可以做，但是价格比较贵。财主拍拍钱袋说，只要做得出来，价格随便定。面对土财主出的难题，栾玉琢不慌不忙，吩咐厨师选一猪脬，将打开的鸡蛋盛入其中，上蒸笼蒸制。蒸熟后去掉猪脬，端上桌，当着财主的面一称，正好两斤。土财主自知理亏，乖乖掏出了半袋子铜圆。

今天，走过百年的聚乐村和四四席作为博山饮食文化的代表，依然彰显着蓬勃的生命力，吸引八方游客前来品尝。

4. 博山豆腐箱
小小豆腐内有乾坤

博山众多美食中，豆腐箱是最具代表性的菜品之一。此菜外形典雅，寓意吉祥，配料丰富，口感浓香，深得食客的欢迎与推崇。

博山豆腐箱最早由何人于何时发明，已无从查考，民间传说此菜最早是本邑名人孙廷铨发明的。

康熙初年，鳌拜把持朝政，康熙想谋划铲除鳌拜，但他年少力单，不敢贸然动手。于是，康熙六年（1667），康熙微服来到博山，向他的老师孙廷铨求教智擒鳌拜之事。因事发突然，孙廷铨只能让家厨倾尽所能制作了一桌宴席来接待康熙。康熙因有心事，加之对山

豆腐箱（徐传国摄）

珍海味早已习惯，是以宴席间情绪颇为低落，孙廷铨很是着急，就让长子孙宝仍再上几道菜，调节一下宴席气氛。情急之下，孙宝仍就以豆腐为主料，制作了一个大的豆腐箱，里面装满了各种山珍美味。康熙食后赞不绝口，问及菜名，孙宝仍回答道："此菜名曰开箱取宝。"康熙听闻，龙颜大悦，亲书"为帝者师"匾额赠送孙廷铨，豆腐箱也因此名满天下。

博山本地还有一个传说，说乾隆皇帝非常仰慕孙廷铨，曾在南巡时特意来博山瞻仰孙廷铨遗像。孙家后人为款待乾隆，特意呈上豆腐箱这道菜，乾隆品尝后大为称赞，并把这道菜带回了皇宫，豆腐箱也因此身价倍增。

事实上，故宫所存乾隆年间《膳底档》就明确记载着这道名菜，名字叫"箱子豆腐"。据《御茶膳房·江南节次照常膳底档》记载，乾隆第四次南巡时，"箱子豆腐"这道菜在一百二十六天的行程中出现了二十八次，由此可见乾隆对这道菜的喜爱程度。博山豆腐箱很有可能是从"箱子豆腐"演变而来，经博山历代名厨加工改制，最终成为博山一道最具代表性

的菜品。

博山豆腐箱最开始是以素馅为主，此后又陆续研发出三鲜馅、蟹黄馅、鸡肉馅等，较常见的为猪肉馅、什锦或素馅。猪肉馅的制作方法是将海米、木耳用温水泡好，加以葱姜，炒锅内放入香油，油开后投葱姜，加肉末煸炒八成熟，加酱油、海米、木耳、盐炒匀，倒入盘内，加砂仁面拌匀后，装入豆腐箱内，盖好"箱盖"，排在盘内成塔字形，置于笼内蒸约十五分钟取出。另起锅放香油，加葱、姜、蒜末煸炒，烹醋，投放木耳、水笋、应时青菜和酱油、肉汤，待汤开后勾芡，浇在豆腐箱上即成。其外形也先后有方形、心形、灯笼形、元宝形、金钱形等十余种。

博山豆腐箱从诞生到现在已经有几百年时间，品种不断翻新，样式也不断变化，但其"兜福""开箱取宝"的吉祥寓意却从未改变。豆腐箱也因此成为博山宴席中不可或缺的代表性菜品，一直传承至今。

5. 博山酥锅
百家百味的年夜饭

在众多博山菜品中，酥锅以其食材丰富、味道独特，成为博山饮食中一道代表性菜品。博山人对于酥锅，有一种近乎神圣的执念，本地有句俗语"穷也酥锅，富也酥锅"，意思是无论家庭贫富，在过年时都要准备一锅酥锅，酥锅也因此成为博山人必备的一道"年下菜"。

说起酥锅的起源，在博山及周边地区流传着这样一则故事。古代颜神（今博山）有一苏姓女子，聪明能干，勤俭持家，时人称其苏小妹。一日，苏小妹到山头采买

博山酥锅（徐传国摄）

瓷器，看到窑炉旁边有几个泥巴垛成的简易炉子，炉子上有小砂锅，香味四溢。苏小妹很是好奇，就问炉工砂锅里炖的什么菜。炉工揭开锅盖说，都是一些上不了台面的食材，如白菜、豆腐、海带什么的。苏小妹又问为什么要放在炉子上长时间煮制。炉工回答说，因为他们工作忙，没有时间做饭，就借窑炉的火温把食物煮熟。加上他们都是重体力活，营养得跟上，所以就把各种各样的菜放在一起混煮。炉工还特地告诉苏小妹，这菜是越煮越香，他们一上工就开始蒸煮，等到中午，菜就变得软烂酥香，非常可口。

苏小妹回家以后也开始试验。她觉得光煮青菜，口味上难免过于清淡，于是又搭配上鱼、肉等食材，层层摆放到砂锅里，开始烧火。几个时辰过后，肉的浓香混合菜的清香扑鼻而来。四邻纷纷顺着香味到苏小妹家中询问，苏小妹详细告诉他们制作过程，众人纷纷回家尝试，此菜由此传播开来。由于此菜是苏小妹最先制作，因此取名为"苏锅"。又因长时间蒸

煮，锅内肉骨、鱼骨等已全部酥烂，此后人们取"苏"之谐音，将此菜改名为"酥锅"。

其实，酥制菜品在博山盛行与博山的产业结构有很大关系。博山盛产陶瓷，陶制锅具不仅价格便宜，而且耐热实用，为普通百姓必不可少的日用品。博山也盛产煤炭，煤炭燃烧时间长，非常适合慢火加热的菜肴制作。酥锅最早应是窑炉工人的应急菜品，他们因用火方便，时常用瓦罐盛放各类菜品，置于炉口烟道或周围，利用炉火温度将菜慢慢煨熟，此法既节约成本，又节省时间，很受炉工欢迎。后经历代改良，食材不断丰富，逐步发展成今天的样式。

酥锅的烹制方法并不复杂，其食材主要有带皮五花肉、猪蹄、鱼段、白菜、海带、藕等。将上述食材层层摆放在锅内，加以盐、白糖、料酒、醋、汁汤等，急火烧开，温火熬制8—12小时左右即成。后来随着高压锅的普及，酥锅的煮制时间也大大缩短，一两个小时也可做成。酥锅煮熟后味道鲜美，肉中有青菜的清香，菜中糅合了肉的醇香，两者结合，实是食料营养的经典美食。因酥锅食材没有定式，可根据情况随意搭配，所以也有"家家做酥锅，一家一个味"之说。

6. 砸鱼汤

人间烟火"鱼"味悠长

博山是鲁菜发源地之一，博山菜以咸鲜脆嫩、爽滑多汁而蜚声中国饮食界。但若说起流传最广的一道博山菜，则当属不在正规菜品之列的砸鱼汤。

说起砸鱼汤，在鲁中地区广泛流传着这样一个故事。有一个博山人，其子在北京一饭店做主厨，平常很少回家。这人思子心切，就悄悄赴北京看望儿子。他来到儿子工作的饭店，要了条鱼，吃了几筷后，一招手叫来服务员给他砸个鱼汤。当时北京没这种吃法，服务员有些蒙，赶紧跑到后厨向主厨汇报。主厨一听，说："哦，这是山东老乡来了。"便告诉厨师如何操作。鱼汤端上，这人不一会儿就喝完了，然后又一招手："伙计，再砸一遍。"服务员忙向主厨汇报，主厨说："这合着还是淄博老乡呢！"就让厨师多放胡椒和醋，做完端上。汤喝完后，这人又让砸第三遍，主厨点点头说："这人肯定是博山人。"当听到客人要求砸第四遍的时候，主厨一拍大腿说："坏了，俺爹来了！"赶紧出去相迎。

故事的真假已无从考证，但现在博山由此形成一个不成文的规矩：鱼汤最多砸三遍。如若再砸，就是占人家口头便宜了。

博山自古富庶繁华，故博山人在饮食方面颇为讲究，宴席上往往要"参打头，鱼打尾"：即第一道菜为海参，表示对客人的尊重，最后一道菜为鱼，表示年年有余。等鱼端上桌后，大家就知道所有菜品已经全部上齐，鱼也因此成了博山宴席上的压轴菜品。

砸鱼汤的做法并不复杂，厨师用剩余鱼肉，以鲜汤或高汤加调味品、辅料制成鱼汤，调味品有食糖、料酒、食醋、胡椒、味精，辅料则有香菜、鸡蛋、木耳等，上档次的还可加海米等海产品。此菜也符合袁枚《随园食单》中所谓酒醋而荐酸辣，以醒脾开胃和提神的饮食之道。

当宴席接近尾声时，大家多已酒过三巡、菜过五味，鱼汤酸辣爽口的味道就可发挥提神醒酒之功效，一口鱼汤下肚，熨熨帖帖的感觉就会从口中慢慢延续到胃里，让人舒坦至极，所以砸鱼汤历来备受大家欢迎。

砸鱼汤名字也颇为有趣，其最早叫"杂鱼汤"，因汤里含有各种辅料和调味品，取繁杂意；后来又叫"咂鱼汤"，取品咂意；再后来，又有人据其烹制过程提出叫"砸鱼汤"。听聚乐村一老厨师说，当年师父教他做这道菜时，多次强调要用手勺从鱼头砸到鱼尾，让鱼肉脱离鱼骨，使其与辅料、调味品充分融合，这样做出的鱼汤才能集酸甜咸辣于一体。于是最终将此菜定名为"砸鱼汤"。

现在，砸鱼汤已经成为博山宴席中一道保留菜品。鱼盘甫一上桌，就会有人催促说："来，来，赶紧动动筷子，砸个鱼汤！"动动筷子，是每人浅尝一块鱼肉，表示对厨师的尊重。待鱼盘在餐桌上转动一圈后，就会有人迫不及待地高声喊道："老板，砸个鱼汤！"

一碗砸鱼汤，是老家的味道，也是异乡人魂牵梦绕的怀念。

7. 知味斋肴鸡

鸡中珍品一口难忘

知味斋，是一家以传统鲁菜为特色的餐饮企业，成立于1987年12月1日，位于山东省淄博市周村区，毗邻闻名遐迩的周村古商城，其"以味为魂"的主打菜知味斋肴鸡更是被列入山东省非物质文化遗产。

知味斋肴鸡的工艺来源于淄博市博山区伊家扒鸡。光绪年间，颜神镇青年刘绪楷拜伊慧勤为师，到其店中学习制作肴鸡。出徒后，刘绪楷来周村谋生，于1915年在兴隆门里三义街北首路东营业，立号德盛斋，专门制作肴鸡，时称五香肴鸡。刘绪楷病故后，长子在义衢门里开肴鸡铺，立号异香斋；次子仍在旧址沿用德盛斋老号。当时两个肴鸡铺，一个在大哨门门里，一个在门外，人们称此门为肴鸡门。后来，其制作技艺传入知味斋，始称知味斋肴鸡。

知味斋从食材选择开始就严格把关，以当年的柴鸡作为原材料，制作要求很高，需经过验收、静养、宰杀、浸烫、脱毛、开剥、净膛、腌制、造型、风干、着色、煮鸡、冷冻、出锅等十多道工序，讲究"八分肉、二分汤"。这样制作出来的肴鸡口味独特，成为很多人念念不忘的味道。

知味斋肴鸡在工序技艺上传承创新，形成了"皮脆肉嫩、汁鲜味香、色泽深红、香味浓郁、口味咸鲜"等特点。"皮脆"是在继承传统工艺的基础上，增加了"腌制晾坯"工艺，使皮下脂肪脱油脱脂，表皮风干后更加紧密。"肉嫩"是由于选用了知味斋养殖基地散养的公鸡酱制而成。"汁鲜"是由于肴鸡经酱制、浸泡入味后充分吸收了煮鸡的老汤。"味香"是由于酱肴鸡的药包是根据药食同源的中医理论科学配伍，由十八味上等香辛料组成。

如此精工制作的肴鸡如同一件艺术品，丰腴完整，口若衔食，表面呈金黄色，晶莹鲜艳，香味四溢，让人垂涎三尺，口舌生津。一口咬下，嫩而不柴，鲜香沁入内里，扎实入味，每一口都是享受，尤其是带着肉冻吃的感觉更加独特。

"莫笑农家腊酒浑，丰年留客足鸡豚。"纵观大江南北，都有"无鸡不成宴"的说法，鸡的谐音恰好是"吉"，寓意"吉庆、吉祥、吉利、吉星"，所以在各种宴席上一定不能少了鸡。而在风起云涌、名菜辈出的美食江湖，知味斋看鸡以其独特的风味，从德州扒鸡、道口烧鸡等芸芸众鸡中脱颖而出，成为一代代老饕们爱不释口的美味，称得上远近闻名，蜚声齐鲁。

8. 淄川肉烧饼
一炉嫩脆盛仙乡

《续汉书》记载："灵帝好胡饼。"胡饼就是最早的烧饼，起源于汉代，盛行于唐代，距今已有两千多年的历史。《资治通鉴》记载，安史之乱，唐玄宗与杨贵妃出逃至咸阳集贤宫，无所果腹，任宰相的杨国忠去市场买来了胡饼呈献。

淄川肉烧饼即起源于汉代胡饼。伴随着古丝绸之路的驼铃声，早码头商埠崛起，各地客商来往日益频繁，烧饼逐渐传至般阳古邑，历经千年传承，成了淄川地区一道传统小吃。

淄川肉烧饼的制作过程比较简单，首先将面粉揉成面团，然后将猪肉切成小丁，加入葱、姜、花椒、豆瓣酱等调味料拌匀，做成馅料。接着将面团分割成小块，擀成饼皮，包入馅料，将饼皮捏成花边状，放入烤箱中烘烤至金黄色即可。烤熟的肉烧饼，馅料中的猪肉和调味料搭配得恰到好处，让人吃起来回味无穷。而饼皮则是由于在烤制过程中不断翻面，使得表面酥脆，内部则保持软嫩，口感极佳。

严格地说，淄川肉烧饼其实不是用火烤，而是用热气炙，也就是热辐射。饼形圆而薄，正面贴满芝麻，精肉置饼中，烤熟后呈黄色，刚出炉的烧饼既有芝麻和面的香味，也有肉馅的鲜味。饼皮香脆，馅味鲜美，风味独特，口味绝佳。

淄川人做肉烧饼的器具比较特殊。烤烧饼的烤炉由一只大铁皮箱子做成，箱子里贴上厚厚的耐火土，炉膛的上面是一张铁板，下面则是烧得旺旺的木炭。做烧饼的工具则是钵盂。烧饼包好肉馅后，放在抹了油的光滑的钵盂上，用手沾着水向四面抻展，转眼间，就成了一个又薄又圆的饼。抓把芝麻撒在饼上，然后把饼翻过来，放在一个扁平的大笞帚上，啪地用力贴在炉内的铁板上，一会儿的工夫，烧饼就慢慢地鼓起了气泡。大约五分钟，烧饼就熟了。

每天清晨，灶火燃起，饼香弥漫，遍布于淄川城区的热气腾腾的肉烧饼也早已准备好迎接食客。淄川肉烧饼不仅个头大，而且内涵也相当丰富。酥脆而富有韧性的饼皮，包裹酱香浓郁的肉馅，一口咬下，先触碰舌尖的是面皮的脆韧微甜，伴随咀嚼，浓郁肉香充斥口腔，再次激活味蕾，肉香，饼韧，这种诱惑任谁都难以抵挡。但淄川人爱吃烧饼的原因，绝不仅仅是美食的诱惑，相比其他面食，随吃随取，便于储藏，饱腹抗饿的烧饼，自然就成了淄川人餐桌上的常客。

一门手艺的生命力是对传统的继承和升华，随着时代而流变的美味，与舌尖相遇，触动心灵。淄川肉烧饼在小火慢烤中，展现的不仅是淋漓尽致的味道，还保留着传统文化精髓，手工传承，丰富了美食，更浓缩了乡愁，成为众多食客念念不忘的心头好。

9. 清梅居牛肉干

满口酥香飘百年

说起清梅居这家中华老字号，在博山可谓妇孺皆知，耳熟能详，它所生产的香酥牛肉干更是远近闻名。

雍正年间，年羹尧平定青海和硕特蒙古首领罗卜藏丹津武装叛乱班师回朝，将一王姓回族厨师带回朝廷作为御厨。这王姓厨师擅长以牛羊肉、珍禽异兽为食材，制作地域风味浓郁的菜品。进入御膳房后，他凭借自己的智慧和勤勉，谨遵规制，应时变通，左右逢源，制作的各种牛肉食品让人赞不绝口。此后，其子孙世代作为御厨供职于御膳房。

光绪末年，作为王姓厨师的第八代后人，王道伦依旧承袭祖业在御膳房工作。经过几十年的努力，他由厨役到主事，最终坐上了尚膳副的位置。王道伦慈眉善目，天生长就一副弥勒佛模样，平素对人从不狂言辣语，总是和声细气，乐乐哈哈，在几百人的御膳房里，他人缘极好，大家也对他较为敬佩。一天，慈禧传令要吃牛肉。做牛肉原是王道伦的绝活，他领命后不敢怠慢，将一块新鲜牛肉煮制后切成细薄大片，经浸渍、炸制等诸多程序后，一份薄酥红润的牛肉干就呈上了慈禧的饭桌。

慈禧被这道菜的外形、颜色所吸引，夹起一片，高高举起朝向亮光处端详，看到牛肉片外形如秋天的枫叶，送入口中，感觉入口微咸转而回甘，一嚼酥脆作响，齿唇留香，慈禧非常满意，当即赐这道菜名为"枫叶牛肉"。

"枫叶牛肉"是这道菜的雅称，王道伦和御厨们私下更愿意形象地称呼这道菜为香酥牛肉干。这道菜制作方法源于西域，制作时需要用上好牛臀肉、花生油、酱汁、白糖、葱姜、大料等几十种配料，再经过分割、煮制、切片、油炸等多道工序才可做成。这样做出的牛肉干酥而不腻，微咸带甜，先酥后绵，回味悠长，受到广大食客的喜爱，被誉为"中华一绝"。

清廷灭亡后，王道伦之孙王万起流落到博山，王万起已经深得王道伦真传，他在博山大街北首租了一个小门头，打出了"清梅居"的招牌，经营牛肉蒸包和独具特色风味的牛肉干、酱牛肉等清真食品。1939 年，在朋友的支持下，他又在西冶街选址营业，扩大店面，增添了酒席炒菜、面食近十种，尤以香酥牛肉干和牛肉蒸包出名。

新中国成立后，清梅居发展迅速，店内菜肴制作重视抓精细质量，在祖传秘方基础上，从选料配方到制作加工技艺，对主打特色食品香酥牛肉干和五香酱牛肉进行了改良改进，使其口感、色泽、味道更适合大众口味。

新时期以来，清梅居香酥牛肉干以"香、酥、薄、脆"等特点深受顾客推崇，被中国饭店协会命名为"中华名小吃"。2018 年，在外交部山东全球推介活动中，清梅居香酥牛肉干入选最具山东特色的美食，让全世界见证了它的传奇与美味。

10. 景德东糕点
中式糕点美名传

景德东坐落于博山西冶街中段，是闻名鲁中的糕点行业老字号，历史悠久，特色鲜明。这个糕点老字号历经百年风雨，在创始人吴克明的精心营护下，成为本地家喻户晓的糕点品牌，其一波三折的发展历程一直为人们所津津乐道。

20世纪20年代，博山人吴德景与两个儿子吴桂荣、吴克明在税务街北头租下一个小门头，开了一间杂货铺。做生意需要有个字号，吴德景随口把自己名字颠倒过来，店名就定为了"景德东"。景为景气，繁荣兴旺；德为无德不贵，无能不官；后缀的东字乃东家之义。

1937年9月，西冶街上的名饭庄永盛馆关门歇业，店址是博城黄金路段，吴克明看到商机，立马决定将其门店后院十余间房租赁下来，开始营销烟酒糖茶、海产罐头、干果山珍等杂货，生意大有起色。

同年12月30日，日本鬼子打进博山，博山陷入一片混乱，百姓出不去，物资进不来。时间一长，老百姓受不了饥饿的煎熬，自发组织起来哄抢了铺山海园点心商。山海园掌柜邱振东收拾铺盖走人，留下的师傅和伙计们都改行寻了其他活路，唯有点心师傅石镇轩左右为难。

景德东与山海园是对门邻居，两家掌柜伙计们交往密切。吴克明知道石镇轩有一手糕点绝活，认为如果把石镇轩请过来，可以助景德东一臂之力。于是他托人对石镇轩发出邀请，石镇轩对吴克明的为人处世也早有耳闻，只是因为景德东没有点心这个品种而不好意思主动投奔，今日见掌柜诚邀，也就一拍即合，入主景德东。

吴克明聘石镇轩为技师，主管生产，收容因山海园倒闭而失业的十多人，又租下了房东的后院作为糕点作坊场地，从业人员达到二十余人，店房扩大到十九间。景德东在石镇轩的主导下，先后研发出了芙蓉果、百子糕、芝麻片、绿豆枣糕等四十多种糕点，景德东将这些糕点陈列摆放在门头柜台的玻璃罩盒内招揽客人，从而一举成名，景德东糕点销量大增。

1956年10月8日，中央新闻电影制片厂到博山拍摄石镇轩制作传统名点芙蓉果的过程，随着《老师傅再显身手》的纪录片在全国上映，极大地提高了景德东的知名度。

几十年来，景德东在保持糕点酥松绵软、香味纯正的基础上，先后恢复创新了盘龙酥、菊花酥、咸麻花、蜜千丈、大蛋散、绿豆糕、硬皮八件、酥皮八件等糕点，在赢得市场信誉的同时，也赢得了老百姓的口碑。

一口香甜，沉淀了成长记忆与故乡光影，满怀深情是舌尖上的岁月；穿越大街小巷，寻找童年味道，那一缕埋藏在心底的乡愁，是你我放不下的人间烟火。

参考文献

[1] 王志民主编：《齐文化概论》，山东人民出版社 1993 年版。

[2] 王志民主编：《齐文化丛书》，齐鲁书社 1997 年版。

[3] 王志民总主编：《文化淄博丛书》，山东人民出版社 2020 年版。

[4] 张文、高连欣主编：《齐国故事大全》，山东文艺出版社 1985 年版。

[5] 宣兆琦、李金海主编：《齐文化通论》，新华出版社 2000 年版。

[6] 牟玉章、乔荣涛、王京龙编著：《齐地山水名胜》，中华书局 2003 年版。

[7] 陈书仪、于孔宝、孙清涌、陈仲垣编著：《齐地历史名人》，中华书局 2003 年版。

[8] 王京龙：《齐文化旅游概论》，山东人民出版社 2004 年版。

[9] 郑峰主编：《淄博民间故事大全》，山东文艺出版

社 2004 年版。

[10] 郑峰主编：《淄博历史人物》，新世界出版社 2006 年版。

[11] 淄博市文物事业管理局编：《淄博历史文化遗产》，山东友谊出版社 2012 年版。

[12] 岳长志主编：《淄博文化通览》，山东人民出版社 2012 年版。

[13] 张越、张要登著：《齐国艺术研究》，齐鲁书社 2013 年版。

[14] 马国舟主编：《淄博地名故事》，线装书局 2014 年版。

[15] 郭丽著：《齐国成语典故今读》，九州出版社 2018 年版。

[16] 任传斗主编：《齐文化简明读本》，齐鲁书社 2019 年版。

[17] 李钟琴著：《历代经典百战述评》，时代文艺出版社 2021 年版。

[18] 武振伟著：《齐国国君评传》，山东人民出版社 2022 年版。

后 记

　　《丛书》（下编）的编纂，是在中共山东省委宣传部直接领导下完成的。省委常委、宣传部部长白玉刚同志统筹策划部署，并担任编委会主任，多次主持召开编委会会议，提出明确目标要求和指导意见。省委宣传部分管日常工作的副部长、省文明办主任、省新闻办主任袭艳春同志对本书的立项出版、风格设计等方面提出了许多宝贵意见。在魏长民、毕司东、程守田、张同海、冷兴邦等同志的大力指导支持下，以教育部人文社科重点研究基地山东师范大学齐鲁文化研究院为学术挂靠单位，组建了《丛书》编纂学术委员会，具体负责编纂学术指导、质量把关、终审定稿工作。山东师范大学特聘资深教授王志民任主任，山东大学儒学高等研究院教授杨朝明、中共山东省委党史研究院原一级巡视员韩延明、鲁东大学原副校长刘焕阳、山东齐鲁师范学院原副院长刘德增任副主任。

　　《丛书》（下编）为每市一卷共16卷，都列为山东省社科规划一般项目。在省委宣传部统一领导下，各市委宣传部负责本市卷的具体组织编纂工作。《丛书》编纂学术委员会制定了统一的《编撰体例》《编撰指导意见》；在主任全面负责下，分为 4 个片区，各由一名副主任作为首席专家具体指导，杨朝明教授：淄博、泰安、济宁、枣庄；韩延明教授：潍坊、临沂、日照、菏泽；刘焕阳教授：青岛、威海、烟台、东营；刘德增教授：济南、聊城、德州、滨州。各市委宣传部认真落实省委宣传部、编纂学术委员会的部署，大力支持编纂工作，组织有关部门与专家对提纲设计、样稿研讨、通稿定稿等关键环节，反复研讨、审议；各片区进行了多次研讨交流，相互借鉴，取长补短；各卷主编和全体编纂人员团结合作、齐心协力，付出了艰辛劳动。山东文艺出版社提前介入，对编纂工作和撰稿体例等提出了许多宝贵意见。在此，我们谨向为《丛书》编纂付出心血的各位领导、专家、作者和所有相关同志们表示诚挚感谢！

本册编纂，得到首席专家杨朝明教授悉心指导，中共淄博市委常委、宣传部部长雷霞同志，分管副部长于双胜同志给予多方关心支持；本市巩日国教授、耿振东教授、任传斗教授、李钟琴教授，以及张方明、孙长年、于崇远等同志提出诸多意见和建议。主编张艳梅教授全面负责本册的编纂工作。参与本卷撰稿的四位作者是：伊茂林、李福源、王书敬、孟庆尧。

由于学识水平与编纂时间所限，不足之处在所难免，敬请专家和读者批评指正。

编者

2023 年 8 月